조슈아 트리

바일간 010

조슈아 트리

장미 장편소설

서유재

차
례

너나 잘하세요

학기 초 새로운 동아리에 들어가거나 친구 따라 교회에 가게 됐을 때, 하여간 조금은 상세하게 자기소개를 해야 하는 경우가 생기면 나는 대충 이런 식으로 말한다.

"내 이름은 조수아. 그런데 '좆쑤아'라고 부르는 인간들이 더 많고요. 집안이 좀 그지 같은데, 바람이 난 거하고는 약간 다른 느낌이지만 어쨌든 자유를 찾아 떠난 아빠와 졸지에 가장이 되어 억척스럽고 무지막지하게 살아가는 엄마, 나보다 두 살 많은데 전체적으로 훨씬 무식하고 아무 생각 없는 오빠가 있습니다."

여기까지 말하면 대부분 나한테 집중되면서 분위기는 조금 '쎄-'해진다. 그때 얼른 살짝 미소를 띠며 다음 말을 이어 간다.

"뭐, 가족사항 같은 건 중요한 게 아니고, 문제는 나 역시 아무 생각 없이 오늘만 사는 사람이라는 거. 재능도 없고 장래희망 같은 것도 없는데 그나마 소설책 읽으면서 딴 세상으로 들어가는 걸 좋아합니다. 보시다시피 외모 역시 눈에 띌 것 없는 수준이고. 혈액형이나 별자리 같은 건 안 믿으니까 더 이상 나에 대해 말할 게 없네요. 끝."

이렇게 시작을 하고 나면 특별히 괴롭히거나 친해지려는 아이들도 없고 동아리나 교회에서 왜 열심히 나오지 않느냐는 연락도 오지 않는다. 쾌적하고 자유롭게 살아갈 수 있게 되는 거다.

그렇게 중학교 3학년 1학기를 보내고 여름방학을 맞았다.

학원에 가 봐야 열심히 할 것 같지도 않고 무엇보다 이번 방학엔 좀 쉬고 싶었다. 더 정확히 말하자면 학원 왔다 갔다 하는 것을 쉬고 싶다는 뜻이다. 엄마도 마음대로 하라고 해서 그나마 하나 다니던 영어 학원까지 그만두었다.

잠이나 자면 시간도 잘 가고 좋을 텐데 그동안 학교 책상에 엎어져 하도 자서 그런지 잠도 안 왔다. 결국 하는 일이라고는 집에서 버스로 두 정거장 거리의 도서관까지 슬슬 걸어가서 장르 구분 없이 관심 가는 책을 두서너 권 빌린 다음, 학교 앞 상가까지 다시 걸어와 솔 책방에 들어가 카운터 뒤에 있는 내 전용

의자에 앉아서 읽는 거다.

왜 굳이 도서관에서 책을 빌려 서점에 가서 그 책을 읽는가 하면.

첫째, 나는 솔 책방을 좋아하고 솔 책방 주인인 노틀담 아저씨를 좋아하기 때문이다. 그러나 둘째, 아쉽게도 솔 책방에 있는 책들은 주로 참고서나 노틀담 아저씨 취향의 인문·경제·경영 분야라서 내가 읽을 만한 게 없다. 셋째, 그래도 아저씨는 내가 책을 들고 와 읽을 때마다 과자나 빵도 주고 주스나 코코아를 타 주는 등 '즐거운 독서 분위기'를 만들어 주고자 노력하신다.

그래서 나는 길다면 길고 짧다면 짧은 중3 여름방학 동안 에어컨 빵빵한 솔 책방에서 좋아하는 미스터리 스릴러물이나 실컷 읽으며 보내기로 했다.

학교 앞 상가에는 솔 책방만 있는 게 아니라 엄마의 두리 문방구도 있는데 거기엔 절대 안 간다. 일부러 안 가는 건 아니다. 굳이 가야 할 이유가 없으니 가지 않는다. 방학에는 문방구도 한가한 편이라 엄마도 주로 가게에 앉아 드라마 다시 보기를 하고 있다. 각자 편한 곳에서 원하는 것을 하는 거다. 그렇게 중학교 마지막 여름방학이 평화롭게 흘러가고 있었다.

그날은 엄마가 좀 이상했다. 아침 밥상머리에서 오빠와 나에게 모닝뉴스 대신 욕을 한 사발씩 들려줘야 세 식구 모두 활기차게 하루를 시작할 텐데 그게 없었다. 오죽하면 눈치나 센스 비슷한 게 너무도 부족한 오빠조차 이상한 분위기를 알아차릴 정도였다. 종종 사고를 치고 어쩌다 기죽어 있을 때 내가 놀리느라 "장하다, 장해" 하고 말해 주는 걸 칭찬으로 알아듣고 "에이 뭘, 고맙다"라고 대답하는 오빠인데 말이다.

"엄마, 오늘 어디 아프셔?"

"아니. 와?"

"말도 안 하고, 밥도 안 먹고……."

"하이고, 우리 수호가 언제부터 엄마한테 이래 관심이 많았드나? 니 학원 안 가나? 방학 특강이라고 학원비가 얼매나 비쌌나? 빨리 나가기나 해라. 지각하지 말고."

"사람이 걱정을 해 줘도 고마운 걸 몰라요."

오빠가 구시렁대며 끝까지 밥을 다 먹고 나간 뒤에도 엄마는 약간 멍한 표정으로 앉아서 밥을 깨작거리고 있었다. 엄마는 밥 깨작거리는 인간을 세상에서 제일 싫어하는데.

나는 무슨 말을 해야 할지 몰라서 엄마 눈치를 살피다가 슬며시 일어나 오빠와 내 밥그릇을 싱크대 안에 넣어 주었다. 설거지까지 해 줘야 하나 어쩌나 주춤거리고 있는데 엄마가 갑자기 큰

소리로 말했다.

"수아야, 니 오늘 뭐 하나?"

"나? 맨날 똑같지 뭐."

"니 오늘 저녁에 쪼매 늦게 들어올 수 있나? 솔 책방 가서 책 좀 더 보다가 책방 아저씨랑 저녁까지 먹는 건 어려울라나? 저녁은 서은이 만나서 먹고 올까? 돈은 엄마가 줄게."

"왜애?"

"으응, 집에 누가 온다 캤는데 조용히 대화를 나눠야 되는 손님이라."

조용히 대화를 나눈다고? 세상에, 봉수동 욕쟁이 노의순 여사가? 엄마는 스스로도 좀 안 어울리는 말을 했다 싶은지 쑥스러운 표정이었다.

그러나 늘 그랬듯이 집을 나서는 순간 엄마에 대해 잊어버린 나는 내키는 시간에 집에 와 버렸다. 문을 열고 들어오다가 문방구에 있어야 할 엄마가 현관 앞으로 쫓아 나오는 걸 본 순간, 아차 싶었다. 맞다. 오늘 좀 늦게 오랬지.

"아고, 깜빡했네. 다시 나갈까?"

신발을 벗다 말고 엉거주춤 서서 물었다. 하지만 그때 초인종이 울렸고 어쩔 줄 몰라 하는 엄마를 뒤에 둔 채 할 수 없이 문을 열었다. 손님이었다.

"의순 언니."

맹맹하면서도 허스키한 목소리가 인상적이었다. 짙은 밤색의 긴 생머리, 화장을 진하게 한 건 아니었지만 피부가 곱고 눈 화장에 공을 들인 듯 눈매가 선명하고 예뻤다. 베이지색 면바지와 얇은 청색 셔츠에 은은한 크림색의 보드라워 보이는 스카프를 목에 두른 게 포인트. 여름철에 스카프라니 다른 사람 같았으면 답답해 보였을 텐데 이상하게도 똑떨어지게 어울렸다. 키가 크고 살이 없이 길쭉한 몸매. 모양을 많이 낸 건 아니지만 대충 아무렇게나 입고 나온 것도 아닌 듯한, 깔끔하고 세련된 느낌. 무엇보다도 몸 전체에서 아주 좋은 냄새를 풍겼다. 평소 향수 냄새를 좋아하지 않는 편인데 이 냄새는 뭐랄까, 멋진 커리어우먼이 나오는 미드의 한 장면 같은 기분이 들게 했다.

"누구……?"

"언니. 나 연우야."

"……연우?"

"응, 연우. 언니, 오랜만이야."

손님은 문밖에, 엄마는 현관 앞에 선 채로 서로를 바라보는데 뭔가 어색하고도 묘한 분위기였다. 나는 순진하고 어리숙한 표정을 연기하면서 손님과 엄마를 번갈아보며 에헤헤 하고 웃었다. 태생적으로 애교가 부족한 나는 필요한 타이밍에 과장된 바보스러움으로 어색함을 넘기곤 한다. 여하튼 그 덕분에 엄마가 정신을 차리고 손님을 안으로 들이며 말했다.

"어, 수아야, 인사해라. 여기는…… 엄마 고향 동생. 야는 우리 딸 수아."

손님이 발레리나처럼 우아하게 나를 향해 몸을 돌려 손을 내밀었다. 커다란 손이었다. 손가락도 기다랬다. 검지손가락에는 아무 장식도 광택도 없이 납작한 금반지를 하나 끼고 있었다.

"반갑다, 수아야. 나는 연우 이모야."

이모가 내 눈을 들여다보며 손을 잡았다. 간단히 악수를 하고 놓는 게 아니라 오래도록 손을 꼭 잡고 내 눈을 똑바로 바라보고 있었다. 나는 아무 말도 못 하고 빨려 들어가듯 갈색빛을 띤 그 홍채 속을 들여다보았다. 묵직하게 힘을 주어 손을 잡고 진지하게 서로의 눈을 들여다보는 그 느낌이 어쩐지 포근하고 좋았다. 왠지 모르겠지만 나는 처음 만난 연우 이모에게 단번에 호감을 느꼈다.

엄마는 연우 이모를 데리고 안방으로 들어갔다.

평소 우리 집에 오는 손님이라고 해 봐야 오빠의 쓸데없는 친구들이나 나의 유일한 친구 서은이 정도다. 얼마 전에는 한컵 떡볶이 아줌마와 가위손 미장원 삼촌이 같이 오기도 했었다. 누가 됐든 부엌 식탁에서 양반다리를 하고 의자에 앉아 김치전을 뜯어 먹거나 믹스 커피를 마시며 이야기를 나누는 게 엄마의 흔한 손님맞이 스타일이었다. 그런데 이상하게도 오늘은 손님을 안방으로 데려가 문까지 닫아 놓고 무슨 할 얘기가 그리 많은지 나올 줄을 몰랐다.

어둑한 저녁이 되어서야 방에서 나온 두 사람은 부둥켜안고 울기라도 했는지 눈가와 코끝이 발갛게 물들어 있었다. 특히 연우 이모의 공들인 눈 화장이 뭉개지고 지워져 있었다. 눈 화장을 지우고 보니 실제로는 눈이 좀 작다는 걸 알게 됐다. 하지만 얼굴이 한결 맑고 수수해 보였다. 내가 빤히 바라보는 게 부끄러웠는지 연우 이모는 손을 이마 부근에 갖다 대고 얼굴을 가리려 애쓰고 있었다.

"저녁 먹고 가라. 내가 후딱 준비할게."

"아니야, 언니. 다음에."

"와?"

"오늘 너무 갑자기 만나서 언니도 힘들 텐데, 그냥 쉬어."

"오랜만에 만났는데 밥이라도 멕여 보내야지……."

"이제 자주 볼 텐데, 뭘. 언니, 너무 고마워."

"고맙기는, 내가 뭘 했다고……."

언제나 무슨 일이든 확신에 차서 단답형으로 화살처럼 말을 쏘는 엄마인데 오늘은 계속해서 주저주저하며 말을 제대로 끝맺지 못하고 있었다. 연우 이모가 누구이기에 우리 엄마를 이렇게 만들었나. 나는 진심 궁금해졌다.

연우 이모는 집을 나서기 전 내게 용돈 오만 원을 쥐여 주었다. 그러자 엄마가 갑자기 평소의 드센 모습을 회복하여 큰소리로 말했다.

"치아라. 어린아한테 뭔 돈을 그리 많이 주노? 한 푼이라도 더 모아야 될 때에."

누군가 우리 가족을 향해 돈을 내밀고 있는데 저렇게나 진심으로 만류하다니. 평소 돈에 대한 엄마의 태도를 알기에 고개를 홱 돌려 엄마를 쳐다봤다. 그러거나 말거나 연우 이모는 돈을 내 손에 다시 한번 꼭 쥐여 주고 갔다.

그러고 얼마 뒤 이모는 다시 나타났다. 이번엔 솔 책방을 인수하려고 온 거다.

솔 책방 노틀담 아저씨는 척추 장애인이다. 언제부턴가 사람들이 '노틀담' 또는 '노틀담 아저씨'라고 부르기에 한번은 내가 물어봤다.

"사람들이 노틀담 아저씨라고 부르면 기분 안 나빠?"

"아니. 멋있고 듣기 좋은데."

"그래? 그럼 나도 그렇게 부를까?"

"좋지."

그래서 나도 다른 사람들하고 얘기할 때는 '노틀담 아저씨'라고 했다. 하지만 아저씨 얼굴을 직접 보면서 그렇게 부르지는 않았다. 누구에게 말해 본 적은 없지만 마음속에서 노틀담 아저씨는 항상 내 친구였다. 그러니까 내 친구 1호는 서은이, 2호는 노틀담 아저씨인 거다.

초딩 시절에는 솔 책방에 있는 '와이 시리즈'나 '노빈손 시리즈'를 주로 읽었다. 서점 바닥에 철퍼덕 앉아서 책을 읽고 있으면 아저씨가 종이 박스를 들고 와 엉덩이 밑에 방석처럼 깔아 주곤 했다. 하루는 카운터 뒤에 '수험생을 위한 허리 편한 의자'를 사다 놓고 "우리 수아 지정석"이라고 했다.

나는 솔 책방의 '우리 수아 지정석'에 앉아 호떡도 먹고 라면도 먹으면서 초딩 시절을 보내고, 이제 중학생이 되어서는 도서관에서 빌린 소설책을 읽으며 껌도 씹고 떡볶이도 먹고 가끔은 아저씨 따라 커피도 마셨다.

아저씨는 훌륭한 책방 주인이었다. 참고서 사러 오는 애들이나 엄마들에게도 늘 웃으면서 대하고 수험생 같아 보이면 연필이라도 한 자루 넣어 주면서 "공무원 시험 준비하나 봐요? 중요한 공부 하시네" 하고 격려의 말도 보태 주었다. 나지막한 카운터에 기대어 서서 돋보기를 쓰고 시사 잡지도 열심히 읽었다. 재미없는 책만 갖다 놓지 말고 베스트셀러나 웹툰 만화책 좀 갖다 놓으라는 나에게 "허무맹랑한 얘기만 읽지 말고 세상 돌아가는 걸 알아야 된다"고 했다. 하지만 내가 도서관 책을 끼고 들어오면 어떤 책이냐, 작가가 누구냐, 무슨 내용이냐 물어봐 주고 조잘조잘 떠드는 나를 보며 빙그레 웃어 주었다.

"우리 수아는 이 다음에 작가님이 되려나."

"뭔 개소리야."

"허허, 아가씨 예쁜 입에서."

그러면서 또 웃었다. 웃을 때 눈가에 다정하게 주름이 지는 정감 가는 얼굴이었다.

잘 웃고 항상 친절했지만 아저씨가 유일하게 얼굴을 찡그리며 힘들어하는 때가 있었는데, 그건 바로 책방의 온 벽을 둘러싸고 있는 책꽂이의 높은 부분에 올라가기 위해 사다리를 타고 있을 때였다. 그때마다 아저씨는 정말로 괴로워 보였다.

"내가 도와줄까?"

"아니야, 아니야. 저리 가 있어. 신경 쓰지 말어."

그때 모른 척 말고 도와줄 걸 그랬나.

연우 이모가 마음에 들긴 했지만 노틀담 아저씨가 갑자기 떠난다니 난 좀 충격을 받았다. 아저씨는 살고 있던 집까지 정리해 버리고 가진 돈을 모두 모아 시골 어디의 낚시터를 샀다고 했다.

"낚시터?"

"역시 인연이라는 게 다 있나 봐. 일이 순식간에 풀리네."

아저씨가 한 번도 본 적 없는 행복한 얼굴로 웃고 있기에 같이 웃어 줄 수밖에 없었다. 나도 따라가면 안 되냐는 말이 나올 뻔했지만 꾹 참았다. 그래도 가까이 지내던 사람이 떠난다는 사실에 눈물이 나올 만큼 우울했다.

나는 카키색의 멋진 낚시 모자를 하나 사서 아저씨가 떠나는 날에 선물로 드렸다.

그동안 고마웠어요, 건강하셔야 돼요, 저 잊어버리시면 안 돼요, 제가 한번 꼭 찾아갈게요, 하고 싶은 말이 많아서 카드라도 한 장 써보려고 했지만 막상 쓰려고 하니 '아저씨' 이후에 쓸 수 있는 말이 하나도 없었다. 결국 조그만 포스트잇에 내가 적은 한마디.

'아저씨, 모자 마음에 안 드시면 교환할 수 있어요.'

그렇게 해서 연우 이모가 솔 책방의 새 주인이 되었고 며칠 뒤에는 우리 집 옥탑방으로 이사까지 왔다.

우리 집은 봉수동의 허름한 빌라촌 안에서도 뜨문뜨문 박혀 있는 오래된 주택인데, 옥상 마당에 방 하나를 만들어 세를 받고 있었다. 불법으로 대충 만든 옥탑방이지만 내가 보기엔 꽤 괜찮은 곳이었다.

화장실과 주방도 갖추고 있는 9평 공간이라 신혼부부가 살았던 적도 있고, 화가라는 아줌마가 작업실로 쓴다며 1년을 계약해 놓고는 몇 번 오지 않았던 적도 있었다. 최근 들어서는 얼른 사람을 구하지 못하고 있기에 내가 차지할 순 없을까 노리고 있었는데 결국 연우 이모가 들어온 것이다.

이모가 이사 오는 날 엄마는 안절부절 이모를 쫓아다니며 몇 번이나 같은 말을 했다.

"이래 허름한 데에서 괜찮겠나? 니가 이런 데 살 팔자가 아닌데…… 뭔 일인지 모르겠다. 에휴."

이만하면 대궐 같다며 큰소리칠 때는 언제고 갑자기 뭐가 그렇게 허름하다고 팔자타령까지 하면서 야단인지.

하지만 잘 모르는 내가 봐도 이모의 살림살이들은 간소했지만 싸구려 같지는 않았다. 식탁 겸용으로 쓴다는 큼지막한 책상과 반드르르한 나뭇결에 수납공간까지 잘 만들어 둔 침대, 크지 않은 책장에는 "오!" 소리가 저절로 나오는 (하지만 잘 모르는) 책들로 가득하고, 디퓨저 겸용의 조그마한 가습기와 쓰레기통마저 심플하니 예뻤다. 많지 않은 옷이나 가방, 신발도 단정하고 품위가 있고. 사람 자체가 소박하면서도 기본적으로 우아하고 고상한, 나로선 처음 보는 종류의 여성이었다.

"혼자 살기에는 엄청 크고 훌륭한데 뭘 그래. 언니가 너무 싸게 준 것 같아서 내가 미안하지."

"아이다. 내가 옛날에 너그 집에 신세진 거 생각하면 니한테 월세 받아 묵는 게 오히려 미안치."

"신세는 무슨 신세를 져. 엄마가 언니 착하고 속 깊다고 칭찬 많이 하셨지. 친딸보다 이뻐한다고 박성희 삐지곤 했던 게 생각나네. 하하."

"어무이 잘 계시나? 한번 찾아가 봬야지 하면서도 사는 게 바빠서 가 보지도 못했다."

"나야말로 집에 가 본 게 언젠지……."

항상 환하고 부드러운 표정이던 연우 이모 얼굴에 침침하게 그늘이 졌다.

저녁때 내가 연우 이모에 대해 묻자 엄마는 자꾸만 부엌으로 갔다가 화장실로 갔다가 하면서 나를 피하고 외면했다. 그러다가 겨우 한마디.

"아따, 와 이리 귀찮게 쫓아댕겨?"

"아니, 연우 이모네 집 잘 아냐고 묻는데 왜 자꾸 피해?"

"뭘 피해? 그냥 이웃사촌이었어."

"이웃사촌?"

"우리 어무이가 일찍 돌아가셨잖아. 그래서 내가 그 집에서 밥도 많이 얻어 묵고 그랬어. 그 집 어무이가 내를 그래 챙겨 주더라고."

"연우 이모네가? 부자였나 봐?"

"대단한 부자는 아니었지만서두 잘사는 편이었지. 갸네 아부지가 우리 동네 중학교 교장 선생님이었거든. 꼬장꼬장한 어른이었는데. 어무이는 참 사람이 선하고 늘 동네에서 어려운 사람한테 베풀어 주고 그랬었지. 좋은 분들이었어."

"박성희는 누구야?"

"가시나 귀도 밝네. 그 집에 내보다 한 살 많은 언니가 있었거든. 그 가시나가 좀 새침데기였는데, 얼굴이 엄청시리 예쁜 데다가 겁나게 똑똑하고 공부도 잘하고 그랬지. 지금은 어디 대학 교수라 카더라. 잘났지, 잘났어."

"호오, 대학 교수. 연우 이모는 공부 잘 못했어?"

"갸도 공부 잘했어. 갸가 대학도 서울…… 야! 니 학원 안 가나?"

"내가 무슨 학원을 가? 나 요즘 쉬잖아."

2학기 개학을 했지만 나는 여전히 학원을 쉬기로 했다. 공부에 뜻도 재능도 없으면서 학원에 돈을 갖다 바치고 그냥 왔다 갔다 하는 것은 집안이 넉넉한 애들이나 할 수 있는 일이다. 나는 '쎄빠지게'(엄마가 자주 하는 말인데 솔직히 무슨 뜻인지는 모르겠지만 대충 감을 잡기로 '좆나게'와 비슷한 느낌이다) 일하는 엄마한테 미안해서라도 학원에 다닐 수가 없다.

"그런가? 너그 오빠는 어데서 뭐하느라 여태 안 오냐? 참말 걱정이다. 내년이면 고3 되는 놈이 앞으로 뭐가 될라카는지 생각은 하는가 어쩌는가…… 니도 이제 금방 고등학생 아이가. 정신 버쩍 차려."

엄마는 뜬금없이 버럭버럭 소리를 지르더니 방으로 들어가 문을 닫았다.

흠. 요즘 문을 닫아거는 때가 잦아지셨어.

그런데 그날 밤, 자다가 일어나 화장실에 가는데 빼꼼 열린 엄마 방문 안에서 말소리가 들렸다. 우는 것 같기도 하고 웃는 것 같기도 해서 문 앞에 서서 숨을 죽이고 살짝 들어 봤다.

"……아입니더. 제가 그냥 가만있을래다가 그래도 지하고 같이 있다 알려드리면 걱정 쪼매 덜으실 것 같아서예…… 아이고, 아입니더, 지한테 부끄러울 게 뭐가 있습니꺼. 어무이 지한테 친어무이나 마찬가지 아입니꺼…… 예예, 걱정 마이소…… 연우도 이제는, 예? 아하하, 이제 지는 성우보다 연우가 더 자연스럽습니더. 어무이도 연우라고 부르이소…… 예, 압니더. 교장 선생님 성격 알지요…… 그래도 우짜겠습니꺼. 지 인생인데. 다 잘될 낍니더. 너무 속상해 마이소. 아이고, 울지 마이소……."

목소리 큰 사람을 미녀로 뽑는 대회가 있다면 미스코리아도 충분할 우리 엄마 노 여사인데 이때는 무슨 일인지 볼륨을 최대한 낮춰서 조곤조곤 말을 했다. 못 알아들은 대목도 있었지만 좋은 사모님이라던 연우 이모 엄마랑 통화를 하면서 연우 이모 얘기를 한다는 건 알 수 있었다. 그러면서 나는 연우 이모의 비밀, 그러니까 이모가 원래는 성우라는 이름의 사람이었다가 지금은 연우가 되었다는 사실을 대충 알아차렸다. 하지만 처음엔 얼른 이해가 안 돼 어리둥절하기도 했다. '그러니까 뭐가 어떻게 됐다는 거지?' 하면서 차분히 머리를 굴려야 했다. 성우였는데 연우

가 됐다? 이름을 바꿨나? 왜? 뭐 때문에?

사실은 이모를 처음 봤을 때부터 뭔가 남다른 느낌을 받았던 것 같기도 하다. 아니다. 손을 잡았을 때, 손이 아주 커서 조금 놀랐던 그때에 뭔가를 느꼈던 것 같기도 하다. 잘 모르겠다. 복잡한 일이 생기는 걸 싫어하는 나의 무의식이 연우 이모를 열심히 분석하지 못하게 가로막고 있었는지도 모르겠다.

그러다가 퍼뜩, 내가 지금 여기 있다는 걸, 내가 무언가 알게 됐다는 걸 절대 엄마한테 들켜서는 안 된다는 생각이 들었다. 화장실도 못 가고 조심조심 방으로 돌아와 문소리가 나지 않게 부들부들 힘을 주어 문을 꽁 닫았다. 이불 속에 들어가 머리까지 푹 집어넣고 나니 비로소 후 한숨이 나왔다.

한참을 뒤척대며 이상한 생각들로 난리잡탕을 끓이던 나는 결국 모든 것을 깔끔하게 삭제, 로그아웃 해 버렸다. 그러기로 했다.

연우 이모한테 무언가 엄청나게 비밀스런 사연이 있는 것 같긴 한데, 에이, 그게 뭐든 나하고 무슨 상관이야. 내가 알 게 뭐야. 나는 그렇게 생각하기로 했다. 우리가 처음 만났던 날, 내 눈을 들여다보며 한참 동안 내 손을 꽉 잡고 있던 연우 이모, 그때 내 마음에 퍼졌던 따뜻하고 포근했던 느낌만 기억하기로 했다.

누구나 남이 모르는 사연이 있을 수 있잖아, 그게 무엇이든 나한 테 피해를 주는 것도 아닌데 뭐든 어때. 세상은 넓고 스토리는 많다구.

참으로 명대사 중에 명대사라고 생각하는 영화 대사가 있는 데, 바로 "너나 잘하세요"다.

자기가 피해를 받는 것도 아니고 상관이라곤 1도 없으면서 남의 문제에 대해 열심히 평가하고 판단하며 감 놔야 된다 배 놔야 된다 하는 사람들. 뭔가 좀 일반적이지 않고 다른 구석이 있다 싶은 사람을 보면 달려들어 간섭하고 참견하면서 세상 정 의와 도덕 법규는 다 가져다 떠들며 알려주는 사람들.

내가 정말 싫어하는 사람들이다. 그건 진짜로 폭력적이고 유 치하고 쪽팔린 짓이다.

왜 이런 말을 하냐면, 사실은 내가 바로 그 다른 구석이 있는 사람, 일반적이지 않은 부모를 둔 문제 집안의 아이이기 때문 이다.

연우 이모라는 사람이 뭔가 엄청난 문제를 품고 있는 것 같긴 한데, 그렇다고 재밌어하며 파고들어 내 마음대로 평가하고 별 난 취급하고 싶지는 않다.

어쩌면 연우 이모가 내 가까이에 나타나고 내가 이모에게 호감을 느끼고 좋아하게 된 건 나의 운명이랄까, 엄마 표현으로 팔자 같은 거하고 상관있는지도 모르겠다. 우리 가족을 포함해서 내 주변엔 워낙 희한한 인간들, 서프라이즈한 얘기들만 모여드니까.

 책방 일기

지난봄 상담할 때 선생님이 조언해 주신 얘기―가족보다 쉬울 수 있으니 믿을 만한 옛 친구에게 연락해 보라는 것. 그것을 계속 생각해 봤습니다. 연락처의 몇 안 되는 사람들 이름을 보고 또 보면서 궁리 또 궁리. 그러다가 마침내 결심을 하고 전화를 했죠. 어린 시절, 나를 무척 이뻐해 주었던 바가지 머리 의순 언니.

역시나 화들짝 반가워하며, 한번 만나자고, 당장 놀러 오라고 하기에, 나도 만나고 싶다고, 하지만 그전에 아셔야 할 게 있다고 조심스럽게 얘기를 꺼냈습니다. 유체이탈 화법으로, 그러니까 남 일 얘기하듯 담담하게 대강의 설명을 했어요. 그런데 이 언니가 전화기를 통해 들으니 뭐가 어떻게 됐다는 건지 이해를 제대로 못 한 건가, 아니면 내가 워낙 어렸을 때부터 좀 그랬으니까 대충 감을 잡은 건가, 알았으니 놀러 오라는 얘기만 열심히 하더군요. 하긴 어릴 때부터 남에게 싫은 얘기 못 하고 어른처럼 참고 양보만 하던 사람이었어요. 혹시나 내가 민망해할까 봐 아무렇지 않은 듯 대했는지도 모르겠네요.

어쨌든 일단 찾아가기로 한 거, 오래 끌지 말자, 7월을 넘기지 않고 만나 버리자 작정하고 봉수동으로 갔죠.

막상 집 앞에 도착하니 초인종을 누르는 게 떨리고 두려워 심호흡을 하면서 동네부터 한 바퀴 돌았습니다.

예상할 수 있는 최악의 상황이란 재수 없으니 썩 꺼지라는 말과 함께 소금 세례를 받는 건데, 그건 뭐 경험도 있고 크게 무섭지는 않았어요. 하지만 좋은 추억을 공유하고 있고 만남을 기대했던 옛 친구 하나를 완전히 잃어버릴 수 있다는 건 역시 두렵더라고요. 하지만 나 아닌 타인에게 이해받고 사랑받을 수 있는 확률이란 1/9 정도라는 선생님 말씀이 떠오르면서, 그래, 뭐 어때, 더 잃을 것도 없잖아 하고 마음을 다잡았지요.

의순 언니를 마지막으로 만났던 건 20년이 좀 안 된 것 같은데, 언니가 결혼한 지 얼마 안 되어 신혼집에 놀러 갔을 때였어요. 그때 나는 아직 박성우라는 남학생으로 살고 있던 시절이었는데 언니가 국수를 만들어 줘서 먹고 나오다가, 신혼집이 너무나 썰렁한 게 마음에 걸려 예쁜 장식 초를 사서 다시 찾아가 주고 왔었지요.

이번에 다시 만나니 언니 얼굴에 그간 고생한 티가 역력하게 드러나 처음엔 깜짝 놀랐지만, 얘기를 하며 찬찬히 보니 순박한 눈빛은 그대로더라고요. 언니야말로 나의 달라진 모습에 기절할 정도로 놀랐을 텐데 있는 그대로 받아들이려고 애쓰는 게 보여서 고마웠고요.

부모님과 친언니에게 그렇게나 갈구했지만 받지 못했던 걸 옛날에 알던 동네 언니에게서 받다니 마음이 울컥하더군요.

결론적으로, 언니하고는 정말 너무 좋은 시간을 보냈습니다. 신기하게도 그동안 내가 어떤 일을 겪었는지 아무 거리낌 없이 다 털어놓게 됐어요.

"내한테 얘기해 줘서 참말 고맙다. 니, 그동안 얼매나 힘들었 겠노."

언니가 내 등을 쓸면서 이렇게 말했어요, 세상에.

순간 눈물이 쏟아져 한참을 울었습니다. 그러면서 깨달은 것. 누군가 나에게 '너 정말 힘들었겠다' 하고 말해 주는 거, 그동안 그 얘기를 한번 들어보고 싶었던 거예요, 내가.

고민 끝에 가족들 앞에서 커밍아웃을 했을 때, 엄청난 폭풍우 가 몰아닥쳐 나는 물론이고 어머니까지 제대로 살 수 없을 것 같아 결국 집을 나왔죠. 논술 강사로 일하며 간신히 대학을 졸업 하고 악착같이 돈을 모아 일본으로 갔어요. 아무도 없는 곳에서 힘들고 외로웠지만 진정한 나를 찾고 단단해진 시간을 보냈지 요. 마침내 내가 갈 길을 정하고 다시 돌아오기까지, 그 긴 시간 동안 진심으로 나를 들여다봐 준 사람은 아무도 없었습니다. 무너진 나를 격려하고 다시 일으켜 세우는 건 나 자신뿐이었죠.

그러다가 처음으로 얼마나 힘들었냐고 말해 주는 따뜻한 목소리를 들으니까 꽁꽁 싸매어 저 깊은 곳에 묻어 두었던 마음이 확 터져 버렸나 봐요.

선생님 말씀이 맞았어요. 그렇게 한 번 터뜨리고 나니까 한결 가볍고 좋아졌습니다. 그래서인가. 독립 잡지나 1인출판사를 해 보려던 계획을 잠시 미뤄 두고 책방을 인수하기로 했습니다. 놀라셨죠?

그동안 억지 숙제로 써 나가던 상담 일지를 접고 앞으로는 '책방 일기'를 시작하겠다는 말을 하려고 여기까지 썼습니다.

왓더픽, 홀리쉿한 추억

우리 가족 중에 문제가 없는 사람, 정상적이고, 제대로 된 사람은 하나도 없다.

정상과 비정상의 기준이 무엇이며, 제대로 된 사람이라는 건 어떤 사람이기에 그렇게 말하느냐고 누가 물어 온다면 대답하는 게 쉽진 않다. 하지만 사회에서 흔히 괜찮다고 하는 상태, 사람들이 쉽게 모범적이라거나 일반적이라고 하는 범주에는 절대 들어가지 못한다, 우리 가족은.

나는 우리 집이 다른 집들하고 좀 다르다는 걸 어렸을 때부터 알고 있었다. 아빠가 완전히 집을 떠나 버린 건 초등학교 3학년 때였다. 하지만 그전에도 친구네 집에 놀러 갔을 때나 다른 애들이 하는 얘기를 들을 때마다 뭐라고 설명하기 어려운 이상한 느낌이 들었다. 그때마다 툭하면 '배가 아프다'거나 '귀가 아프다'면서 칭얼댔지만 실은 배가 아픈 것도, 귀가 아픈 것도 아니었다. 돌이켜 보면 그건 결핍의 느낌이었다.

지금은 많이 극복했지만 한때는 내가 '아빠도 없는 이상한 아이'라는 게 너무 쪽팔려서 죽고 싶었던 적도 있다. 더 안 좋은 건, 겉으로는 하나도 안 쪽팔린 척하는 거다. 내 환경이 좀 이상한 건 알지만 전혀 신경 쓰지 않는 무심하고 쿨한 아이인 척하는 거. 하지만 이미 그때부터 알고 있었다. 남 앞에서 어떤 척을 할 순 있지만 나 자신을 속일 수는 없다는 것을. 안 그런 척할수록 내 속마음은 더욱더 쪽팔리고 쪽팔릴 뿐이라는 것을.

그러나 이제는 모든 것을 받아들이기로 했다. 아니, 받아들였다고 하기엔 아직 좀 어려움이 있고, 그냥 있는 그대로 내버려 두기로 했다. '어쩌라고?!' 한 번 소리친 다음 외면해 버릴 수 있는 정도가 되었다. 괴로워하며 궁리한다고 해서 달라지는 것도 없는데 더 이상 에너지를 소모하기 싫다.

그리하여 지금 삐리리한 것으로는 대한민국 1퍼센트에 들어가고도 남을 만한 우리 집안 얘기를 좀 해 보자면.

제일 먼저, 우리 엄마 노의순 여사. 두리 문구 사장. 봉수동 욕쟁이. 자식 둘 딸린 삼십 대 후반 이혼녀.

노 여사의 취미는 늦은 밤에 혼자 방에서 막걸리를 마시며 주저리주저리 랩을 하는 것이다. 특이한 건 막걸리를 꼭 크리스털 주스 잔에 따라 마신다는 거. "이거 내가 결혼할 때 신혼살림으로 장만한 긴데 예쁘제? 여다 술 따라 마시는 게 내 낭만 아이가" 하고 귀여운 척 웃으면서 말하지만 이해 불가능이다.

그러다가 오빠나 내가 상대를 해 주면(퍼센트로 따지면 오빠 70, 나 30 정도다. 오빠는 눈치가 없고 멍청하지만 기본적으로 심성이 착하고 좀 물러 터졌다) 그나마 기분 좋게 주절대다 끝나지만 벽을 바라보고 혼자 앉아 마신 날에는 "인생은 허무한 것이야, 차아암말 허무한 거어어엇" 하면서 시끄럽게 떠들기도 한다.

한번은 엄마가 너무 늦도록 계속 소리를 질러 대니까 어떤 사람이 창가에 서서 "거, 고만 좀 합시다. 시끄러워서, 원" 하고 소리친 뒤 탕 소리가 나게 창문을 닫은 적도 있었다. 그 뒤로 나는 한여름에도 엄마가 술을 마시기 시작하면 집 안 창문들을 모두 닫는다.

평균은 될 만한 키에 평균을 훌쩍 넘기는 통통한 몸매. 잘만 꾸미고 살도 뺀다면 매력이 없진 않겠지만 옷이며 머리며 예쁘게 꾸미는 데에는 재주가 영 꽝이라서 마흔이 넘어도 훨씬 넘어 보인다. 하지만 사실 노 여사의 나이는 이제 서른여덟이다. 툭하면 '언니, 언니' 하면서 떠들러 오던 한컵 떡볶이 아줌마가 마흔 중반이라는데 엄마의 실제 나이를 알고는 뒤로 자빠질 뻔하고 ('뒤로 자빠질 뻔했다'는 건 한컵 아줌마 말인데, 조금 놀랄 수야 있지만 뒤로 자빠질 것까진 아니지 않나. 호들갑스럽고 시끄러운 걸로 따지면 한컵 아줌마가 엄마보다 훨씬 형님이다) 그다음부터는 '두리야, 두리야' 하고 부른다.

어쨌든 오빠가 지금 열여덟 살이니까 엄마 나이 스무 살에 낳았다는 얘기다. 스무 살이면 엄마가 되기에는 좀 이른 나이가 아닐까? 일찍 결혼하고 아기도 일찍 낳았다는 게 꼭 부끄러운 것은 아니다. 그런데 고등학교도 미처 졸업하지 못한 엄마라는 건 좀 거시기하다.

"졸업한 거나 마찬가지야. 3학년 거진 다 다녔다니까."

그래도 졸업한 것과 거의 다 다닌 것은 확실히 다르다. '고졸' 증명서가 없다고 이러는 게 아니다. 엄마는, 이렇게 말하긴 정말 미안하지만 외모부터 시작해 주로 사용하는 어휘나 말할 때 풍기는 분위기까지, 그러니까 총체적으로 대단히 거친 '무대뽀 스타일'이다.

엄마의 옛날 사진을 본 적이 있는데, 지금하고 같은 사람이라고 하기 어려울 만큼 날씬하고 상큼한 모습을 하고 있었다. 대단히 예쁜 얼굴이라 할 수는 없지만 나름대로 산뜻한 느낌이 있고, 적어도 지금처럼 푸석하고 억척스러운 문방구 아줌마가 될 인상은 아니었다는 말이다.

아직은 앳된 얼굴이 남아 있고 세상 물정도 모르고 욕 같은 건 할 줄도 몰랐다는 열아홉 살짜리 우리 엄마는 열 살이나 많은 아빠와 이웃사촌으로 만난 지 반년도 되지 않아 결혼을 했다. 아니, 무작정 같이 살기 시작했다.

"엄마는 아빠 어디가 그렇게 좋았어?"

"몰라. 기억도 잘 안 나. 아래윗집에 살면서 라면 같이 묵다가 그래 됐어."

"아빠는 엄마 어디가 좋았대?"

"몰라. 라면을 잘 끓여 줘서 그랬나? 에이, 제기럴."

"그때도 지금처럼 욕 많이 했어?"

"뭐라카노? 내가 원래 욕은커녕 화도 잘 못 내는 성격이었어. 얼마나 참했다꼬."

"정말? 근데 지금은 왜 이래?"

"세월이 나를 이렇게 만들었다 안카나."

엄마의 세월 탓은 정말인지도 모르겠다.

딸로서 엄마를 좋아하고, 엄마의 상황과 환경을 안쓰럽게 여기며 이해하는 부분도 있다. 우리 엄마도 좋은 부모, 좋은 집에서 태어나 교육 잘 받고 예쁘게 잘 자라 좋은 남자랑 결혼해 좋은 직장 다니며 살았으면 지금 같지는 않았겠지. 하지만 그건 우리 엄마가 아니라 어떤 다른 사모님인 거다.

우리 엄마는 열아홉 살부터 남자랑 동거를 하고, 스무 살에 오빠를 낳고, 그 후에야 결혼을 하고, 스물두 살에는 나를 낳았다. 서른두 살에는 남편이 집을 나갔고, 살길을 찾느라 문방구를 시작하고, 서른다섯에는 이혼을 (당)하고, 이제는 인생이 억울해서 술주정을 해 대는 서른여덟 아줌마가 되었다. 이십여 년 사이에 한 여자의 인생이 이렇게나 꼬이고 망가질 수 있다니, 와우.

엄마 인생을 후덜덜하게 만든 문제의 뿌리, 문제 그 자체인 아빠는 배를 타는 사람이었다. 원양어선을 타고 몇 달씩 멀리 나가 거친 일을 하고 돌아와 한동안 쉬다가 다시 떠나는 사람.

"그런 사람을 마도로스라 불렀는데, 옛날에는 마도로스를 쪼매 낭만적이고 멋지다꼬 생각했거든. 이제 와서 보믄 세상 거지발싸개 같은, 허파에 바람 들어간 미친갱이들이나 쳐할 일이구만. 에잇."

낭만적이고 멋있는 줄 알았는데 허파에 바람이 쳐들어간 우리 아빠는 내가 초등학교 1학년 즈음까지 아직 '진짜 우리 아빠'

였다. 그런데도 나는 아빠에 대한 기억이나 추억이 별로 없다. 아빠는 늘 집에 없다가, 가끔 시커멓게 탄 얼굴로 돌아와 나를 번쩍 들어 올려 비행기 한 번 태워 주고, 며칠 있으면 다시 어딘 가로 가는 사람이었으니까.

소설을 쓰는 서은이네 아빠도 취재한다고 지방 가고 외국 가고, 틀어박혀서 글 써야 한다고 절에 들어가고, 그런 식이지만 우리 아빠가 집에 없는 거하고는 영 다른 느낌이다. 우리 아빠랑 우리 집은 어딘가 좀 색이 바랜 빨래 같았다.

그래도 아빠가 집에 있을 때는 평소와는 좀 다른 분위기가 집 안에 감돌았던 기억이 난다. 밖에 나갔다 들어왔을 때 현관에 아 빠의 커다랗고 묵직한 신발이 놓인 걸 보면 괜히 기분 좋았던 마음도.

"오빠는 아빠에 대해 기억나는 거 뭐 있어?"

언젠가 오빠에게 아빠에 대해 물어보았다.

스스로를 '쿨 가이'라고 부르는, 내가 보기엔 쿨한 게 아니라 백지처럼 단순할 뿐인 오빠가 잠시 눈알을 굴리더니 해맑게 대 답했다.

"같이 놀이공원 갔던 거."

오빠 말에 의하면 우리 가족이 놀이공원에 가서 바이킹도 타고 회전목마도 타고 꽃밭에서 사진도 찍고 아이스크림도 먹었다는 거다. 하지만 그건 우리 집에 있는 몇 안 되는 가족사진 중 하나의 그림이기도 하다.

사진 속 오빠는 초등학교 1학년 정도, 나는 대여섯 살 정도 되어 보인다. 오빠는 초콜릿과 바닐라가 구불구불 섞여 있는 소프트아이스크림을 보면서 좋아라 웃고 있고, 그 옆에서 나는 뭔가 짜증나는 일이 있었는지 양쪽 눈썹 사이를 완전 찌푸린 채 얼굴을 삐뚜름하게 기울이고 있다. 애들이야 어쩌고 있든 상관없이 엄마는 내 옆에, 아빠는 오빠 옆에 서서 진지한 표정으로 정면을 바라보고 있다. 엄마는 지금에 비하면 많이 날씬하고 발랄해 보이긴 하지만 그래도 눈이 부신 듯 찡그린 얼굴이 그다지 즐거워 보이진 않는다. 아빠는 시커먼 선글라스를 끼고 한쪽 손은 허리에 갖다 댄 포즈를 잡은 것이 혼자만 굉장히 튀는 모습이다. 전체적인 느낌으로 보아, 아마도 지나가는 어떤 사람에게 찍어 달라고 부탁한 것 같다.

그러므로 오빠의 기억이라는 것도 사진을 보고 자기도 모르게 조작되어 만들어진 가짜 기억이 아닐까, 나는 짐작해 본다.

하여튼 어쩌다 한 번쯤은 가족을 데리고 놀이공원에 가기도 했던 우리 아빠는 배를 타고 필리핀 어느 섬 근처에 갔다가 죽을 정도로 심한 열병을 앓았다.

그때 일에 대해 아빠는 한참 나중에 이런 편지를 썼다.

나는 누구이고 여기는 어디인지도 알 수 없는 상태에서 몇 날
며칠을 보내고 겨우 깨어났다. 그러고 나니 뭐랄까, 세상이 이
전하고는 좀 다르게 보인다는 걸 느꼈다. 그동안 내가 어떻게
살아왔는지, 의순아, 너는 알지. 열심히 돈 벌어서 내 가게 하나
차리는 게 인생의 유일한 목적이었잖아. 성실하게 앞만 보고 달
려왔잖아. 죽을 만큼 고된 뱃일도 힘들다는 생각 한번 안 하고
묵묵히 해 왔다. 그런데 그 모든 것이 부질없다는 생각이 들었
다. 다른 누구에게도 얽매이지 않고 온전히 나 자신만 생각하면
서 살아본 적이 한 번도 없었다는 걸 깨달았다. 그렇게 살아보
고 싶다. 너에게는 미안하다, 의순아. 하지만 내 인생은 한 번뿐
인데 원하는 대로 살아보고 싶다. 우리 수호, 수아가 이런 아빠
를 이해할 날이 오기를. 사랑하는 수호, 수아 역시 아무것에도
얽매이지 않고 자유롭게 살아가는 사람이 되기를.

다른 누구에게도 얽매이지 않고 온전히 자신에게만 집중하는
시간. 가족이고 뭐고 다 떨쳐 버리고 새처럼 훨훨 자유롭게. 그

런 인생을 누리기에 필리핀의 어느 작은 섬은 아주 적당한 곳이었나 보다.

아빠는 그때 평생 처음인 행복을 느끼며 살아갔는지 모르겠지만, 남은 우리 세 식구는 완전 엉망진창이었다. 아주 가끔씩 '죽지 않고 살아 있다'는 소식만 전해 오는 아빠 때문에 죽을 지경이었다. 아빠와 같이 배를 타던 아저씨들을 찾아가 봤지만 시원한 얘기를 들을 수 없었다. 아빠가 어디서 뭘 하면서 살고 있는 건지 걱정하고 원망하다 나중엔 체념했다. 그래도 아빠가 가끔 돈을 부쳐오는 것으로 위안을 삼았는데 그것마저 조금씩 줄어들고 간격이 벌어지고 있었다.

당장 세 식구가 먹고살 일이 불안한 상황에서 엄마가 갑작스레 문방구를 시작하게 됐다. 원래 그 자리에서 문방구를 했던 아줌마가 그즈음 다른 지방에 사는 딸이 아기를 낳아 봐주기 위해 이사를 가면서 딸 같은 우리 엄마 사정을 듣고 싸게 가게를 넘겨준 것이었다. 지금은 엄마가 '장사의 달인'처럼 보일 때도 있지만 처음엔 우왕좌왕 어수룩한 면이 많았다. 다행히 근처에 초중고가 다 모여 있어 그럭저럭 굴러가고 있다.

두리 문방구에서 안정적으로 돈이 들어오기 시작하자 우리 세 식구는 조금씩 아빠를 잊어 갔다.

그렇게 아빠가 없는 것도 아니고 있는 것도 아닌 상태로 언제까지든 살아갈 줄 알았다. 그런데 3년쯤 지난 어느 날, 반백의 부스스한 머리를 하나로 질끈 묶고 까맣고 반질거리는 얼굴에 얼룩덜룩 요상한 옷차림을 한 아빠가 어스름 저녁 노을을 배경으로 나타났다.

그때 나는 아직 초등학생이었는데 갑자기 나타난 아빠를 보고는 말도 안 되는 소리지만 '인디언'인 줄 알았다. 엄마는 '귀신'인 줄 알았다고 했다. 오빠는 '누구지?' 하고 생각했단다. 그렇게 다들 말도 안 되는 생각들을 하면서 잠시 서로 멍하니 바라보고만 있었다.

"다들 잘 있었나? 별일 없었나? 우리 수호, 수아 많이 컸네."

3년 만에 나타난 아빠가 가족들에게 "별일 없었냐"고 묻고 있었다. 그동안 우리 가족에게 일어났던 일들을 순서대로 얘기해야 하나. 중요한 것만 말해야 하나. 이럴 줄 알았으면 하루하루 일지라도 적어둘 걸 그랬다고 생각하던 참에 아빠가 말했다.

"밥들은 먹었나? 예전에 저쪽에 있던 쌈밥집은 그대로 있나? 그 집 맛있었잖아."

지금 생각해도 참 웃긴 상황이었다. 몇 년 만에 나타난 아빠와 만나자마자 밥이나 먹으러 가다니, 그것도 쌈밥을.

하지만 그것은 우리 네 식구가 함께한 마지막 외식이 되었다.

쌈밥집에서 와구와구 쌈밥을 싸 먹으며 아빠는 그동안의 생활을 퍼즐 맞추기 조각들처럼 불쑥불쑥 하나씩 던져 주었다. 그러다가 캐롤라인이라는 어여쁜 이름의, 하지만 몸매나 얼굴은 우리 엄마 노 여사보다 훨씬 크고 퉁퉁한 어떤 여자 사진을 꺼내서 보여 주었다.

"지금 나랑 같이 살고 있는 사람이야."

아빠가 하도 태연하고 당당하게 말해서 옆자리에 앉아 있던 동네의 다른 아줌마들까지도 "아이고 그러냐, 어디 얼굴이나 한번 보자"며 사진을 돌려 볼 지경이었다.

그렇게 쌈밥을 싸서 코로 넣는지 입으로 넣는지 모르게 우겨넣고 후식으로 나온 식혜까지 크억 다 마셨다. 엄마가 계산을 하고 나자 아빠는 쌈밥집 앞 인도에 서서 엄마 등을 한 번 두드리고, 오빠 머리를 마구 헝클어 주고, 내 어깨를 꽉 안았다. 잠시였지만 아빠 품에 얼굴을 처박고 있는데 아빠 가슴팍에서 처음 맡아 보는 싸하고 시원한 냄새가 콧속으로 밀려들어 오면서 갑자기 심장이 두근두근 뛰었다. (그때부터 민트향 집착증 같은 게 생겨 지금 내가 '우울한' 민트 덕후가 되었나.)

그러고는 이내 아빠는 다 이루었다는 듯 홀가분하게 휘휘 걸어갔다.

쌈밥집 안에서 바깥의 왓더퍽, 서프라이즈 하고 어메이징 한 시추에이션을 훔쳐보느라 정신없는 동네 아줌마들을 뒤로하고 우리 세 식구도 휘휘 걸어서 집으로 왔다.

집에 도착한 우리는 잠시 어쩌면 좋을지 몰라 현관 앞에 그대로 선 채 서로 얼굴을 바라보며 쓸데없는 얘기를 조금 나눴다.

"야, 니들은 오랜만에 아빠 봤는데 그래 서먹하게 대하노? 쫌 애살 있게 굴고 그라지."

"엄마도 만만치 않았거든요. 아빠 얼굴이나 제대로 봤어요?"

"내가 그런 인간 얼굴을 뭣하러 봐?!"

"아빠는 어디로 간 거야? 호텔 같은 데로 갔나? 지금 당장 비행기 타고 그 아줌마한테 간 건 아니겠지?"

"왜, 아빠 따라가고 싶어?"

"누가 따라가고 싶대? 궁금하니까 그렇지. 엄마랑 오빠는 안 궁금해?"

"……."

"……."

그러다가 각자 자기 방에 들어가 문을 닫았다.

엄마는 뭘 하는지 아무 소리도 없이 조용했지만 잠을 자는 건 아닌 것 같았다.

오빠는 분명히 잠시 멍하니 앉아 있다가 금세 '에이, 몰라' 하면서 잠을 잤을 거다.

나는? 나는 잠을 자고 싶지 않았지만 몸살이 나려는 것처럼 머리가 막 아프고 속이 울렁거리면서 안 좋은 느낌이 들어 이불을 덮어쓰고 누워 있었다. 엄청나게 피곤한 것 같고, 기분 나쁜 꿈속에 빠져 허우적대고 있는 것 같았다. '답이 없다'는 말은 요즘 들어 자주 하는 말인데 그때 내 머릿속이, 마음속이 딱 그랬다. 도대체 답이 없는 상황.

그러다 나도 모르게 잠이 들었나 보다. 아침에 일어나니 어제와 똑같은 해가 뜬 똑같은 하루가 시작되고 있었다. 아니, 세상이 어떻게 이래? 뭐가 이렇게 불공평하고 엉망진창일 수가 있어?

온몸에 힘이 없고 모든 게 귀찮고 의욕도 없었지만 그대로 누워 있을 수도 없어 책가방을 메고 집을 나섰는데, 오 마이 갓, 아침부터 우리 집 앞에 모여서 분위기를 살피고 있던 아줌마 몇 명이 우르르 몰려들었다. 나는 하루아침에 동네에서 제일 웃기는 집의 이상한 여자애가 돼 있었다.

"수아야, 엄마 괜찮아? 엄마 어떡하고 있어?"

"그 캐롤인가 뭔가 하는 여자는 누구래? 엄마보다 이쁘디?"

"거참, 시끄러워. 인물이 뭐가 중요해? 조강지처 버리는 놈은 그냥 확⋯⋯."

"아유, 니가 엄마 많이 위로해 줘야 돼. 이래서 딸이 필요해. 나는 딸이 없어서 어째."

"늦둥이 하나 낳으면 되겠네. 그 집 부부 금슬 좋잖아."

"어머머, 됐어. 내 나이가 몇인데."

시끄러운 아줌마들을 뒤로하고 고개를 푹 숙인 채 걸어갔다. 걱정을 해 주는 건지 재미있어 하는 건지 알 수 없었지만 어쨌든 하나도 고맙지 않았다. 그날 나는 생각했다. 이제부턴 내가 죽고 사는 일이 아니라면 세상만사 아무것도 신경 쓰지 않겠다, 특히 남의 일이라면 절대 깊이 관여하지 않겠다고. 그게 무엇이든 겪어 보지 않은 사람은 겪은 사람을 향해 입을 닥치고 있는 게 낫다.

세상에는 우리가 미처 알지 못하는 특이한 습관, 다양한 식성, 낯선 문화를 가진 사람들이 많이 있을 거다. 그들을 모두 만나서 분석하고 통계를 내 본 게 아니라면 누구라도 내 생각 안에서 남을 판단하고 평가해서는 안 된다. 사람들이 떼로 모여 듣기 싫은 얘기를 떠들 때마다 나는 속으로 '그만 닥치고 너나 잘하세요'라고 말하며 돌아섰다.

그래서 내가 등급으로 따져 보자면 충분히 1등급이 될 만한 문제를 품고 있는 연우 이모에게 어렵지 않게 마음을 열 수 있었는지도 모르겠다.

사실, 처음부터 연우 이모에게 아무 편견 없이 마음을 열었다고 생각한 건 나의 건방진 착각이었는지 모른다. 내가 낯선 것에 대해 예민하게 굴며 경계하고 차별하는, 그런 사람은 아니라고 생각했던 것 같다. 나도 핸디캡을 안고 있으니 또 다른 핸디캡을 가진 사람에 대해 이해하고 손 내밀고 있다고, 뭐, 그렇게 생각했는지도 모르겠다. 그 모든 게 다 나의 위선이었다는 걸 이제는 조금 알게 됐지만.

내 위선과 가식을 깨닫게 된 건 다름 아닌 나의 제이샘 덕분이다.

책방 일기

대학 시절부터 논술 강사로 일했습니다. 돈을 벌기 위한 것도 있었지만 하다 보니 재미도 있고 적성에도 맞더라고요. 문제는, 아직 호르몬 주사를 맞기 전이었는데도 이미 남다른 분위기가 느껴졌는지 한 번씩 학부모들이 학원에 항의를 해 와(선생이 게이 같고 영 이상하다. 남자가 남자답지 않으니 애들이 뭘 배우겠냐……) 곤란해지는 때가 왕왕 있었다는 거. 정작 아이들은 아무 불만 없이 잘 배우고 있는데 말이에요.

모은 돈을 들고 일본에 가서도 온갖 아르바이트를 했어요. 그때부터는 호르몬제를 맞으며 서서히 신체적으로도 변화해 가던 시절이었죠. 그러면서 생각해 보니 어차피 취직은 어려울 것 같더라고요. 그렇다면 뭘 하지?

그즈음 일본에는 발행부수가 많지는 않아도 명확한 자기만의 색깔과 주제를 갖고 있는 독립 잡지들이 꽤 보였습니다. 혼자서 운영하는 1인 출판사도 많이 생겨나는 추세였죠. 신문사나 잡지사에서 일해 보고 싶은 마음이 늘 있었는데 이런 걸 보면서 '그래, 나도 해 보자'는 꿈을 품었어요. 여전히 좌절하고 절망하는 때도 많았지만 꿈이라는 걸 꾸면서 희망을 품고 다시 일어서기도 했던 시절이었네요.

'굶어 죽지 않을 만큼만 먹는다'는 원칙을 세워 놓고 밥값까지 아껴 가며 돈을 모아 다시 이 땅으로 돌아왔습니다. 이제야말로 '정상적'으로 살아보려고, 정상적이라는 말은 늘 나를 주눅 들게 하지만, 우울증 상담도 규칙적으로 받고 시장조사도 하며 사업 준비를 했어요. 그러다 의순 언니와 만나고 이어서 솔 책방을 만나게 됐는데, 어어, 순식간에 책방 사장으로 변신!

정말이지 인생은 내 마음대로 운전해 갈 수 있는 게 아닌 것 같아요. 특히나 나 같은 사람에게는.

그래도 솔 책방과의 만남은 좋은 인연이라는 느낌입니다. 다시 생각해 보니 아직은 내가 사람들을 만나고 바깥으로 뛰어다닐 일이 많은 잡지나 출판을 하기엔 내공이 부족한 듯도 싶고. 먼저 책방 일을 하면서 조금씩 힘을 키우는 게 나을 것도 같았죠.

의순 언니 소개로 솔 책방 사장님을 만났을 때 그분이 하신 말씀이 인상적이었어요. 당신은 학교 앞 책방에서 자식 같은 아이들 만나며 책 파는 일이 너무 좋았다고, 하지만 점점 힘에 부치던 참이었는데 나를 보니까 책방을 맡겨도 되겠다는 생각이 든다고.

"제가 왜요?"

"국문과 나오고 출판사 할 생각도 있으시담서? 책이랑 친하니까 책방 하면 딱 좋지."

그러면서 한 말씀 더.

"보니까 선생님도 사는 게 쉽지 않았을 것 같은데 책방에서 책 읽고 아이들하고 부대끼다 보면 힘도 얻고 치유도 되실 거유."

의순 언니가 '난 아무 말도 안 했어' 하는 표정으로 고개를 젓는데, 가만 보니까 책방 사장님의 둥그렇게 굽은 등 안에 세상의 지혜가 깃들어 있더라고요.

책방도 인수하고 이사도 하면서 의순 언니와 여러모로 가까워진 건 심리적으로 안정감을 주었습니다. 수아와의 만남과 인연에도 감사해요. 언니네 집에 처음 찾아갔던 날 현관문을 열어주는 수아를 보면서, 뭐랄까, 내가 꿈꾸던 여학생의 모습을 하고 있어서 순간 뭉클했어요. 어깨까지 내려오는 어중간한 단발머리, 약간 때가 탄 스니커즈에 발목까지 오는 양말을 신고, 등에 멘 가방에는 인형이 달려 있는, 흔히 볼 수 있는 여학생이었죠. 저도 내내 그렇게 평범한 여학생이 되고 싶었거든요.

수아에게 '연우 이모'라고 소개하며 손을 잡고 인사를 하는데 울컥하더라고요. 순수한 호기심을 품고 나를 바라보는 수아의 얼굴이 그 후에도 며칠 동안 가끔씩 생각났고요.

이제 수아는 나에게 친조카 같은, 말이 통하는 친구 같은 존재가 되었습니다. 수아 역시 그렇게 생각하는지는 자신할 수 없지만 긍정적으로 생각합니다. 언제 컨디션이, 감정 상태가 다시 바닥으로 떨어질지 모르지만 일단 요즘은 많은 것을 긍정적으로, 희망적으로 생각하는 중이에요.

사람들은 보통, 내년에 나에게 무슨 일이 있을 거고, 5년 뒤에는, 10년 뒤에는 내가 어떤 사람이 되어 있을 건지 꿈도 꾸고 계획도 하며 살아가겠죠. 그러면 대충 그 방향으로 뭐가 진행되기도 하고 그러겠지요. 헌데 나는 그런 게 쉽지 않았어요. 그런 생각은 해 보려고 하면 할수록 앞날이 더 캄캄하게 느껴지는 때가 많았고요. 꿈이 없는 건 아니었지만 언제나 두려움이 구름처럼 그늘을 드리웠죠.

그래서 결국, 순간순간을 겨우 살아간 날이 많았습니다. 하지만 이젠 그러지 않아요. 나한테는 책방이 있으니까, 나는 책방 사장님이니까, 책방 이모로 하루하루 살다 보면 언젠가 어딘가에 다다를 수도 있겠지요.

좋아하는 이유

중3 여름 끝 무렵에 노틀담 아저씨와 이별하고 개도 안 걸린다는 여름 감기에 걸렸다. 기침이나 콧물은 금방 나왔는데 이상하게 힘이 없어서 한동안 골골대며 다녔다. 혼자 방에 누워 있으려니 덥고 답답했다. 책방에 나가 멍 때리고 있으면 좋은데 연우 이모가 리모델링을 한다고 해서 마땅히 갈 데가 없어 서은이네 집에 자주 갔다. 아줌마가 교회에서 운영하는 무슨 센터에 봉사활동을 하러 가시면 서은이랑 둘이 떡볶이도 만들어 먹고, 서은이가 거실 컴퓨터로 게임을 하고 있으면 나는 서재에 누워 뒹굴거렸다. 서은이네 서재에는 관심 가는 좋은 책도 많고 솔 책방 카운터 뒤의 내 자리보다 환경이 훨씬 좋았지만 이상하게 책을 읽게 되지는 않았다. 그냥 방바닥에 누워 서가가 모자라 방 안 여기저기 탑처럼 쌓아 둔 책들을 그림 보듯 감상했다. 그러다 깜빡 잠이 들기도 하고, 갑자기 퍼뜩 깨 '여기가 어딘가?' 어리둥절하여 벌떡 일어나 앉기도 했다.

그사이 연우 이모는 솔 책방을 요령 있게 아주 조금만 손봤다. 책장이 숨 쉴 틈 없이 사방을 꽉꽉 둘러싸고 있었는데 한쪽 벽면에 있던 것을 아예 없애 버리고, 그쪽만 페인트칠을 한 다음 자그마한 테이블과 의자 몇 개를 갖다 놓았다. 진한 풀색으로 칠해진 벽에는 '푸우'나 '피터 래빗' 같은 예쁜 동화 그림들을 가느다란 줄에 조그마한 집게로 걸어 두고, 그 아래 테이블 위에는 작은 허브 화분을 놓아 두었다. 앞으로 그 공간에서 원화 전시회도 열고 우쿨렐레 배우기 같은 문화 행사도 꾸려 볼 거라고 했다. 형광등으로 파랗게 비추던 책방 조명들을 노르스름한 LED등으로 바꾼 것도 중요한 변화였다. 조명이 방 안 분위기를 이렇게나 다르게 만든다는 걸 처음 알았다.

그 이상 무엇을 크게 바꾼 것은 없었다. 원래 있던 참고서나 딱딱한 책들을 싹 치우고 문학과 인문학 위주의 책들로 채워 넣었는데, 책들에서도 풍기는 분위기가 있는 건지 굉장히 다른 책방 같았다. 이모가 좋은 냄새를 풍기며 책방 안을 왔다 갔다 하는 것만으로 인테리어를 새로워 보이게 하는 효과도 있었지만.

"책방이 훨씬 예뻐졌어요."

"수아나 봉수동 사람들에게 도움이 되는 장소가 되면 좋겠는데. 의견 있으면 언제든 말해 줘. 우리 같이 만들어 나가자."

그래서 나는 중3의 가을과 겨울을 솔 책방에서 전시회 팸플릿도 만들고 허브 화분도 돌보고 우쿨렐레도 배우며 보냈다. 노틀담 아저씨가 아니라 연우 이모가 챙겨 주는 핫초코를 마시고 밤식빵도 뜯어 먹으며. 그러는 사이 연우 이모는 나에게 '하나밖에 없는 우리 이모'가 되었다.

언젠가 서은이 앞에서 아빠 욕을 한 적이 있었다. 아빠처럼 이기적이고 무책임한 남자는 완전 싫다고. 그랬더니 서은이도 맞장구를 치면서 말했다.

"그렇지. 남자가 책임감 없으면 좀 별루지."

왠지 기분이 좋지 않았다. 서은이가 햄버거에서 양파를 골라내는 모습도 보기 싫어서 짜증이 났다.

집에 와서야 그게 서은이가 아빠 욕을 해서 그런 거였다는 걸 깨달았다. 서은이가 "아니야, 너희 아빠는 너를 사랑하고 계실 거야" 같은 말을 했대도 '우웩'이었겠지만 서은이가 나랑 똑같이 아빠 욕을 하는 것도 싫은 거였다.

그런데 연우 이모는 좀 달랐다.

"이모는 우리 아빠 본 적 있어?"

"예전에 한 번?"

"어땠어?"

"그냥 인사만 한 정도라서 잘 몰라."

"그래도 인상 같은 게 있잖아."

"음, 조용한 분이었던 거 같아."

조용하다? 사실 내가 일부러 오버를 하고 다녀서 그렇지 원래는 내성적이고 조용한 걸 좋아하는데 아빠를 닮았나? 쳇.

"우리 수아, 아빠 생각하는구나."

"좀 궁금하니까."

"아빠도 수아 궁금하실 텐데."

"정말? 아닐걸. 아빠는 우리 다 잊었을걸."

"어떻게 잊어? 특정 병에 걸리지 않는 한 사랑하는 사람을 잊을 수는 없지. 가끔 생각나고 궁금하지만 그냥 사는 거지."

그렇게 때론 서은이를, 때론 연우 이모를 의지해서 중학 생활을 마쳤다. 그리고 봉일고등학교에 입학하는 첫날 제이샘을 만났다.

봉수중학교 나온 아이들 대부분이 봉일고등학교에 가기 때문에 새롭거나 떨리는 마음은 별로 없었다. 그래도 봉일고는 교문 앞에서 복장 검사를 깐깐하게 한다는 얘기를 동네 언니한테서 들었기에 조금 신경 쓰고 있었다. 봉일고 3학년에 올라가는 친오빠에게서는 도대체 학교에 대해 들은 정보가 없었다.

건널목 앞에서 신호등을 보며 치마 길이를 살펴보고 있을 때 누군가 내 옆에 와서 섰다. 차가운 공기 속에 달콤한 치약 같기도 하고 말린 허브잎 같기도 한, 부드러운 민트 냄새가 훅 풍겼다.

키가 크고 갈색 뿔테 안경을 낀 남자였다. 나이가 많아 보이지는 않았지만 군데군데 흰 머리칼이 보였고, 그게 또 잘 어울렸다. 카라가 있는 두툼한 밤색 카디건을 입고 있었는데 좋은 냄새는 바로 그 옷에서 나는 것 같았다.

사실은 아무도 모르게 간직하고 있는 아빠 편지가 몇 통 있는데, 그 편지지를 펼쳤을 때 나는 냄새하고 꽤 비슷한 것 같기도 했다. 어쨌든 입학 첫날 좋아하는 민트 향을 흐음– 들이마시며 그 남자를 우두커니 쳐다봤다.

그때 갑자기 그 남자도 나를 바라보더니 고개를 비스듬히 기울여 내 명찰을 한 번 슥 보고 집게손가락으로 내 목 부분을 가리켰다. 나는 남자의 하얗고 단단해 보이는 손가락과 깨끗하게 정리된 손톱만 멍하니 쳐다봤다. 피아노를 치면 어울릴 것 같은 손이었다. 손가락도 날씬하고 손톱도 예뻤다.

"넥타이 비뚤어졌다고. 1학년 조수아."

듣기 좋은 낮고 굵은 목소리에 정신을 차리고 고개를 숙여 보니 교복 넥타이가 한쪽 옆으로 비뚜름하게 돌아가 있었다.

넥타이를 이리저리 잡아당겨 바로잡고 있는데 신호등 불이 바뀌었다. 남자가 긴 다리로 성큼성큼 걸어 횡단보도를 건너갔다. 교문 근처에 있던 여학생들, 아마도 2학년이나 3학년 언니들 몇 명이 남자를 발견하고는 서로 먼저 달려가 인사를 하려고 몸을 부대끼고 낄낄대며 호들갑을 떨었다. 남학생들도 남자에게 장난스런 손짓을 보내며 친근하게 대하는 게 보였다. 선생님인가? 인기가 많네.

그날 오전 2교시 영어 시간에 남자가 교실 문을 열고 시원한 걸음으로 들어왔을 때 잠시 숨이 멈추는 것 같았다. 이렇게 인연이 이어지다니.

영어 과목 장우주 선생님. 나이는 비공개. 법적으로 미혼이며 (이 말을 할 때 장난꾸러기같이 키키 웃는 얼굴이 귀여웠다) 영어 이름은 피터. 방송반 선생님. 방송반은 학교 안의 동아리 중에서 최고 인기 부서라는 것도 알게 되었다.

나는 그를 다른 애들처럼 피터샘이라 부르고 싶지 않았다. 장

씨니까 제이, 제이샘이라 부르겠다고 속으로 생각했다. 내 이름 조수아도 Cho라고 시작하는 경우가 많지만 나는 Jo라고 쓰고 있으니 장우주도 Jang이라고 쓰면 J샘이 맞다.

나는 혼자서 나의 제이샘을 몰래 관찰하고 그에 대해 내 맘대로 상상하기 시작했다. 제이샘의 방송반에 들어갈 생각은 없었다. 여학생 팬들과 경쟁하고 싶지도 않고, 제이샘이 나를 특별히 이뻐해 줄 거라는 기대도 없었다. 영어 점수를 잘 받겠다는 결심은 했지만 개인적으로 다가갈 용기는 없었다.

나는 좀 그런 스타일이다. 좋아하면 예쁘게 다가가는 게 아니라 더 뻣뻣하게 굴고 애교는커녕 삐딱하게 굴면서 거지 같은 유머를 던져 분위기를 망쳐 버린다.

그래도 제이샘만 보면 심장이 '둑흔둑흔' 뛰었다. 두근두근이 아니라 '둑흔둑흔'이었다. 이런 일은 처음이었다. 내 심장이 어디에 있는지도 이번에 확실히 알았다.

만약 지금 내가 반한 사람이 제이샘이 아니라 어떤 남학생이었다면 조금 쉬웠을지 모르겠다. 나 혼자 시작한 짝사랑인데도 재미있는 마음보다 심각하고 어려운 마음이 들었다. 왜 그러지? 그냥 혼자 속으로 좋아하는 건데 즐겁기만 할 수도 있잖아. 생각해 보니 자꾸만 제이샘에게, 어쩐지 아빠 같은 느낌이 들어서 그런 것 같았다.

…… 으응? 아빠 같은 느낌?

사실은 제이샘을 처음 봤을 때부터 그런 생각을 했던 것 같다. 새치 때문에 머리칼이 희끗희끗한 게 아빠랑 비슷해 보였다. 물론 아빠가 키도 훨씬 작고 다리도 짧다. 아빠는 머리도 지저분하게 길러 늙수그레하게 보일 뿐이었지만 제이샘은 스타일리시하게 다듬었다. 정확하게 따져 보면 둘은 비슷한 면이 없었다.

아빠를 아는 누군가, 엄마나 오빠한테 물어본다면 미친 소리 말라며, 도대체 어디가 닮았다는 거냐고 할 거 같다. 그런데도 난 자꾸만 그랬다. 민트 냄새도 그렇고 뒷모습에서 느껴지는 무언가가 어쩐지 아빠 같았다.

우리 아빠는 나쁜 사람이었지만 제이샘은 좋은 사람일 것 같은 느낌? 아빠는 나를 버렸지만 제이샘은 나를 이뻐해 주길 바라는 설렘? 아빠는 멀리 있지만 제이샘은 내 곁에 있다는 마음?

……어우, 조수아, 이게 무슨 닭살 돋는 소리야?!

그런데 내가 자꾸만 제이샘을 특별하게 느낄 수밖에 없는 게 나를 알아봐 준 건 분명한 사실이니까. 처음 만난 학생인 나를 찬찬히 바라봐 주고, 넥타이 비뚤어진 걸 알려주고, 내 이름을 불러 주었다. 하나의 몸짓에 불과한 나였는데 그가 내 이름을 불러주었을 때에 비로소 꽃이 되었다고 어떤 시인이 그러지 않았나.

나는 서은이를 꼬드겨 방송반에 집어넣을 궁리를 했다. 내가 직접 나서기는 좀 두려우니 서은이 뒤에서 동태를 살피는 거다.

"방송반 회식은 고기뷔페에서 한다던데?"

"정말? 오, 좋았어!"

서은이는 3:1의 경쟁을 뚫고 당당히 합격했다.

나는 방과 후에 방송반 모임이 있을 때마다 학교 도서관에서 책을 읽거나 인강을 들으며 서은이를 기다렸다. 사실 서은이에게는 도서관에 있겠다 해 놓고 방송반 근처 복도에서 귀를 쫑긋하고 서성이거나, 방송반 유리창이 살짝 보이는 모퉁이 계단참에 앉아 있을 때도 있었다.

제이샘은 방송반 일을 선배들에게 맡겨 놓고 많이 관여하지 않는 편이었지만 가끔씩 아이스크림 같은 것을 사 들고 와 보기도 했다. 그러다가 복도에서 나를 발견하여 '왜?' 하는 표정으로 눈을 동그랗게 뜨고 바라본 적이 있고, "오우, 슈아슈아조슈아" 하면서 장난스레 내 이름을 불러준 적도 있었다. 그러면 나는 귀엽게 웃으며 인사를 하지는 못할망정 똥 마려운 걸 참

고 있는 것처럼 우물쭈물 묻지도 않은 것을 혼자 웅얼대는 것
이었다.

"어, 저, 친구 기다리는 중인데요…….."

그런데 오늘은 제이샘이 나를 보더니 비닐봉지 안에서 아이
스크림을 꺼내 주었다.

설레임.

나는 서은이를 기다리지 않고 혼자 집으로 왔다. 아주 조금
씩 설레임을 빨아 먹으며, 내 마음속에서 물결처럼 찰랑대는 설
렘을 느끼면서, 천천히 걸어서 왔다. 다 먹은 아이스크림 껍질은
헹궈서 물기를 잘 털어낸 다음 뚜껑을 꽉 잠궈 책상 맨 아래 서
랍의 상자 안에 넣어 두었다. 초콜릿 냄새가 희미하게 남아 있
고, 필리핀산 편지지에서 스며 나온 민트 향이 가볍게 떠도는 나
만의 비밀 상자에. 서랍을 닫는데 심장이 또 둑흔둑흔 뛰었다.
아, 정말 왜 이러니.

내가 좋아하는 제이샘이 나에게 잘해 주다니, 설레기도 하지
만 두렵고 불길한 느낌이 든다. 어쩐지 마음이 둥실 떠오르면서
제대로 중심을 잡지 못하고 기우뚱기우뚱 흔들리는 풍선이 된
것 같다. 말랑하고 포근한 구름 같은 게 방 안에 뭉게뭉게 일어
나는데 저쪽 끝에서는 어둡고 으스스한 모래바람이 숨어서 뛰

쳐나올 준비를 하고 있다. 역시 난 무감각하고 무뚝뚝하고 아무일 없이 지내는 게 좋다. 균형이 깨질 것만 같은 이런 상황은 마음에 안 든다.

어떤 일로 마음이 요동칠 때 혼자 하는 놀이가 있다. 내가 묻고 내가 답하는 놀이. 이성적이고 차가운 내가 흔들리고 마음 약한 나에게 답을 해 주는 거다. 징징거리고 칭얼대는 나에게 어른스럽고 따뜻한 내가 위로를 해 주기도 한다. 그러다 보면 꽤 많은 것이 정리된다. 마음을 냉정하고 차분하게 만드는 데에 도움이 된다.

뭐가 그렇게 좋아? 제이샘이 그렇게 좋아?

뭐랄까, 아빠랑 비슷한 어떤 느낌이 있어서, 그래서 관심이 생겼나 봐.

네가 언제 아빠랑 친했다고 그런 말을 해? 너 아빠 안 좋아하잖아.

처음엔 아빠 때문이었는데 자꾸 보다 보니 제이샘이 또 은근 매력이 있더라고. 난 또래 남자애들한테는 관심이 안 가. 난 좀 어른스러운 사람을 좋아하는 거 같아.

넌 여태 누굴 제대로 좋아해 본 적도 없잖아. 제이샘이 네

첫사랑인 거야? 나이 서른 넘은 아저씨를?

고등학생이 총각 선생님을 좋아하는 게 그렇게 웃긴 일은 아닌 것 같은데.

차갑고 삐딱한 내가 줄기차게 비웃어도, 여리지만 고집이 있는 나는 기죽지 않고 꿋꿋하게 할 말을 계속해 나간다.

정확히 말하자면 첫사랑이 아니라 짝사랑이지.

맞아, 짝사랑. 난 짝사랑이 부담 없고 좋아.

거짓말. 결국은 제이샘도 너를 좋아하게 되기를 꿈꾸고 있잖아.

아니야. 현실적으로 제이샘과 내가 뭐가 어떻게 될 일은 없어. 그래서 좋아. 혼자 좋아하는 거, 그것만으로도 기쁘고 그 정도면 충분해. 그게 마음 편해.

야, 좀 솔직해져 봐. 너도 사랑받고 싶잖아. 제이샘이 너를 사랑해 줬음 좋겠잖아, 안 그래?

물론 사랑받으면 기쁘겠지. 하지만 영원히 행복할 순 없을 거야. 세상에 완벽한 사랑은 없으니까. 만족도와 가성비가 가장 높은 건 바로 짝사랑이야.

넌 환자야. 애정 결핍이 사람을 비뚤어지게 만들었어.

내가 나에게 독한 말을 해도 그건 결국 다 나니까 나는 아무렇지도 않다. 그래, 됐어. 오늘은 여기까지.

이유는 없다

고딩이 되어 첫 중간고사가 끝난 날. 학교에서 곧장 책방으로 와 카운터 뒤 나만의 자리에 가방을 던져둔 채 후하후하 심호흡을 했다.

"시험을 망쳐서 그러는 거야, 너무 잘봐서 그러는 거야?"

"시험은 중요한 게 아니야. 앞으로도 시험은 많아. 학교를 졸업해도 인생에는 끝없는 시험이 기다리고 있잖아."

"하하, 우리 수아는 누굴 닮아 이렇게 똑똑한가?"

이모가 웃으면서 말했다. 하지만 난 오늘 진지하다.

"시험 끝나면 서은이한테 뭘 좀 고백하기로 결심했거든. 마음의 준비를 하는 거야."

"무슨 얘기인데 그래?"

오늘 서은이에게 제이샘에 대한 내 마음을 얘기하기로 마음먹었다.

어렸을 때부터 서은이한테는 모든 걸 얘기했다.

6학년 때 아빠가 불쑥 나타나 쌈밥집 외식을 마치고 다시 떠났을 때, 동네에선 온갖 가짜 뉴스가 떠돌았다. 수호네 아빠가 서양 미녀한테 반해서 조강지처를 걷어찼다더라, 그래도 어디서 났는지 큰돈을 던져주고 가면서 미안하다고 이거면 돈 걱정은 없을 거라 했다더라, 그게 아니라 오히려 그동안 지가 벌어서 집이랑 가게랑 장만했으니 위자료 좀 달라 했다가 수호 엄마한테 처맞고 도망갔다더라…….

"넘의 얘기 씨부려 쌓는 거 다 할 짓 없어서 그라는 거니까 귀랑 입이랑 자꾸 딱 채워서 며칠만 있으면 다 지나갈 기다."

엄마 말이 맞았다. 그래도 나는 서은이한테 모든 걸 얘기했다. 아빠 얘기하면서 잉잉 울어도 부끄럽지 않을 사람이 하나쯤은 필요했다. 그게 서은이였다.

그런데 제이샘 얘기는 왜 이리 어려운지. 제이샘에 대한 얘기는 너무도 소중해서 차마 입 밖에 꺼낼 수 없다는 유치한 생각도 들고. 아니, 얘기할 섬성이 뭐가 있기나 한가. 나는 왠지 제이샘이 좋더라, 그 이상 할 말도 없으니.

그래도 서은이와 나 사이에 비밀이 있다는 건 배신인 것 같아서 맘이 불편했다. 지난번에 '혼자 묻고 답하는 놀이'를 하면서 한결 정리를 했으니 이제 아무렇지 않은 듯 서은이에게 말하고 나면 한풀 더 김이 빠지면서 차분한 일상을 유지할 수 있을 거라는 생각도 들었다.

　방송반 회의가 끝날 즈음에 맞춰 다시 학교 운동장으로 갔다. 등나무 벤치에 앉아 있는데 서은이가 달려왔다.

"우리 수아, 언니 많이 기다렸어?"

"……여기 앉아 봐."

"왜 그래? 무슨 일 있어?"

"말할 게 있어서. 내 인생에 중대한 일이 생겼어."

"중대한 일? 뭔데?"

"있잖아."

"뭐가 있어?"

"나, 제이샘 좋아해."

"누굴 좋아해? 제이샘이 누구야?"

"피터샘. 영어."

"아이, 기집애. 난 또 뭐라구."

서은이가 피식 웃더니 갑자기 내 등짝을 후려쳤다.

"안 놀래? 내가 누군가 이성을 좋아한 건 처음이잖아."

"그래. 평생 이 언니만 사랑할 줄 알았더니 우리 수아가 드디어 어른이 됐네."

"나 진지해. 너무 진지해서 너한테 말도 못 하고 오래 망설였다구."

"됐어. 내가 너 그럴 줄 알았어. 요새 좀 이상하더라."

그러더니 자리에서 일어나 하늘을 바라보며 두 팔을 뻗고 요가 자세를 시작하는 서은이.

학교에서 서은이의 별명은 '사차원, 또라이'다. 내가 봐도 서은이는 사차원이나 그 이상의 차원을 넘나들며 살아가는, 감히 누구와도 비교할 수 없는 최고의 또라이다. 이건 서은이의 베프인 나만이 할 수 있는 최대한 정확한 칭찬이다.

역사 소설, 추리 소설, 사회고발 르포 등 다양한 장르의 글을 쓰시는 서은이 아빠, 작가님. 그분이야말로 자유롭고 쿨한 영혼의 인물인데 서은이 역시 아빠를 닮아 그런 기운이 서려 있다. 말하는 것도, 생각하는 것도 보통 애들하곤 달랐다. 당장 학교에서 교복치마를 1센티미터도 줄이지 않고 입고 다니는 애는 서은이뿐이다. 서은이 엄마는 외동딸인 서은이를 당신의 로망대로 어여쁘게 키워 보고 싶은 욕심이 있었지만 워낙 이씨

DNA의 기가 강한지라 서은이를 컨트롤하지 못했고, 대신 소외 계층 아이들을 위한 센터에서 봉사하면서 또 다른 보람을 얻고 계시다.

"수아야, 아줌마는 서은이한테 너처럼 잘 통하는 친구가 있어서 정말 안심이야."

그때 나는 어떤 표정을 지어야 할지 몰라 당황스러웠다. 아니라고, 내가 더 고맙고 우리 엄마가 진짜 안심일 거라고 말할 뻔했다. 동네에서 우리 집, 우리 가족을 싫어하는 사람은 있어도 굳이 좋아하는 사람은 많이 없을 거라서 그랬다. 아마도 아줌마가 나를 좋게 봐주셨다면 당신의 선한 마음 때문일 텐데 이것 또한 서은이가 닮았다. 그러니까 착하고 모난 데가 없는데(=엄마 쪽) 영혼까지 자유로워(=아빠 쪽), 결과적으로 엉뚱하고 특이하게 이 세상 저 세상을 넘나드는 사차원 또라이 소녀가 된 거다, 서은이는. 그래서 나랑 최고의 친구가 된 거고.

어쨌든 그런 서은이에게 오래 망설이다가 불쑥 말하고 나니 속이 시원했다.

"말하려고 했는데 이상하게 말이 잘 안 나왔어. 미안."

"미안하긴 뭐가 미안해. 그나저나, 너두 참."

"왜?"

"남자 보는 눈이 그렇게 없어서야……."

"왜, 제이샘 별루야?"

"난 좀 그렇던데…… 사람이 너무 차갑잖아."

아니, 제이샘이 차갑다니, 그게 무슨 말이야. 네가 이럴까 봐 말하기 싫었어.

"상희는 어때? 걔가 너 좋아하잖아."

"누구?"

"체육부장 한상희."

"상희가 날 좋아한다구? 그냥 좀 친한 거지."

"아, 둔한 기집애."

운동은 못하지만 키가 크고 덩치가 좋다는 이유로 체육부장이 된 상희는 고등학교에 들어와 알게 된 남학생인데 최근 들어 서은이와 나까지 셋이 자주 몰려다녔다. 아, 물론 상희의 이름은 상희가 아니다. 상희의 본명은 상후인데 모두가 그를 상희라고 부른다. 상후보다는 상희라는 이름에 어울리는 아줌마 같은 성격을 가진 남자애라서 그렇고, '상희야' 하고 불렀을 때 아무렇지도 않게 '왜애' 하고 대답해서 그렇게 됐다. 같이 얘기를 하다 보면 내가 지금 여자애와 얘기를 하고 있는지 남자애와 얘기를 하고 있는지 헷갈리게 되는 아이. 말도 잘 통하고 같이 있으면 편안하고 즐겁지만 이성으로 느껴본 적은 한 번도 없는 친구.

이번에는 양팔을 등 뒤로 돌려 합장 자세를 한 서은이가 운동장을 향해 소리 질렀다.

"야, 한상희!"

농구대 앞에 한 떼로 몰려 있던 남자애들 중에서 한 명이 툭 튀어나왔다. 상희다.

"빨리 와 봐."

상희가 애들 사이를 이리저리 피해 우리 쪽으로 뛰어왔다. 벤치에 앉아 상희가 뛰어오는 모습을 보는데 큰 곰 한 마리가 텅, 텅, 텅, 달려오는 느낌이었다.

"야, 너 수아 좋아하지?"

"어?"

"기회가 왔는데도 못 잡으면 바보야. 좋아하잖아. 빨리 대답해."

"어, 좋아하지. 헤헤."

상희가 헤벌레 웃으면서 대답한다.

"봐, 얘가 너 좋아한다니까."

"근데 갑자기 그건 왜?"

"아니야. 됐어. 가서 농구 해."

"어, 그래. 헤헤."

한 마리 곰 같은 상희는 다시 텅, 텅, 텅, 달려가 농구를 하고 서은이는 이제 다리를 쩍 벌리고 요상한 기마 자세 같은 것을 하고 있는데, 와, 나는 완전 어이가 없었다.

"뭐야."

"뭐가?"

"갑자기 애를 불러서 그런 말을 하면 어떡해?"

"야, 상희 괜찮지 않니? 피터샘보다 훨 착하고 따뜻한 영혼이야."

"언제부터 남의 영혼까지 막 꿰뚫어 보고 그러셨나?"

서은이가 제이샘을 안 좋게 얘기하니까 마음이 손톱으로 가늘게 긁히는 것처럼 아프고 억울했다. 그래서 약간 뾰족하게 말했는데도 서은이는 1도 신경 쓰지 않고 흐흐, 웃으면서 "피터샘이 스타병 환자라는 건 알아봤지. 애들이 자기 좋아하는 거 엄청 즐기면서 안 그런 척하잖아" 그런다. 아씨, 얼른 반박할 말이 없다.

사실 방송반에 들어가 제이샘과 가까이에서 접촉할 일이 많은 서은이가 유난히도 제이샘을 좋아하지 않는다는 걸 알고는 있었다. 제이샘은 서은이를 '영어 반장'으로 뽑아 놓고 예뻐하는데도 서은이는 늘 시큰둥했다. 그래서 서은이에게 제이샘 얘기를 하는 게 망설여졌던 부분도 있다. 서은이가 맞장구쳐 주고 같이 좋아해 주면 흥이 날 텐데 그렇지 않을 것 같아서.

"눈빛이 순수하지가 않아. 언제나 목적이 있는 사람이야."

"천성이 시니컬한데 명랑한 척 꾸미고 있어."

"개천에서 용 난 케이스더라고. 그래서 자부심과 자신감 뿜뿜이면 좋을 텐데 열등감과 자만심만 뿜뿜이야."

둘만 있을 때 서은이는 이런 말들을 했다. 워낙 남의 뒷담화 같은 건 잘 하지 않는 아이라서 더 아프게 느껴졌다. 그게 아니라고, 네가 잘 몰라서 그런 거라고 따지고 싶을 때도 있었다.

하지만 그러는 너는 제이샘에 대해 뭘 아냐고 나에게 되물어 온다면 말하기 어려운 게 사실이다. 제이샘의 좋은 점, 내가 좋아하고 아끼는 제이샘의 모든 것은 내 눈에만 보이는 것들이기 때문이다. 다른 사람들은 알아차리지 못하는, 제이샘 내면에 숨어 있는 그 어떤 것을 나만이 알아봤다고 할까?

다른 애들은 그저 제이샘의 훈훈한 외모, 유머러스한 언변 정도를 좋아하는 것뿐이다. 하지만 나는 제이샘이 숨기려고 하는 것들, 활달한 태도나 유쾌한 목소리 아래에 살짝 묻어 놓은 어떤 슬픔, 쓸쓸함을 알아보고 좋아하는 거다.

가끔 제이샘이 자습을 시키고는 창가에 서서 멀리 바깥을 바라보고 서 있을 때가 있다. 그럴 때 제이샘의 눈빛은 평소와 많이 다르다. 약간 서늘해 보이는 그 눈빛에서 나는 제이샘의 히스토리를 혼자 상상해 보곤 한다.

어쩌면 제이샘에게도 웃기는 쌈밥 같은 가족이 있는 게 아닐까 하는 상상. 그래서 지금 조용히 운동장을 보고 있는 것 같지만 사실은 제이샘도 속으로는 '닥치고 너나 잘하세요' 하고 소리치고 싶은 무언가가 있는 게 아닐까, 그렇게 소리치고 화내는 대신 '하하하' 웃고 성큼성큼 빠르게 걸어가는 게 아닐까 하는 생각들. 제이샘이 어쩌면 나하고 같은 과에 속해 있을지도 모른다는 느낌. 그래서 내가 제이샘의 보이지 않는 부분까지 느낄 수 있는 게 아닐까 하는 마음.

하지만 나는 사실 제이샘에 대해 아는 게 없다. 제이샘에 대한 모든 것을 알고 싶다. 한 번씩 제이샘에게 그늘을 드리우는 그것이 도대체 무엇인지 알고 싶다.

제이샘을 행복하게 해 주고 싶다. 내가 할 수 있는 게 있다면 뭐라도 하고 싶다. 제이샘의 우렁 각시, 제이샘의 수호 천사, 제이샘을 도와주고 기쁘게 만드는 그 무엇이 되고 싶다. 제이샘이 내 눈을 보며 '수아, 너로 인해 내 슬픔이 모두 사라지고 이젠 행복하기만 하구나' 말하며 입을 크게 벌리고 웃는다면 나는 그 자리에서 녹아 없어져도 좋을 텐데.

"배 안 고파? 가자고!"

서은이가 손목을 휘휘 돌리면서 나를 바라보고 있다.

"어? 어."

"사랑에 눈 멀고 귀까지 먹었구나. 그놈의 사랑이 뭐라 구⋯⋯."

"너는 누구 좋아한 적 없었어?"

괜히 떼쓰듯 말했지만 서은이도 모태 솔로라는 걸 내가 모를 리 없다. 하지만 그게 더 어울리는 쿨한 그녀.

"난 피곤한 거 싫어하잖아. 인간을 향한 사랑은 됐어. 그냥 우정이 딱 적당해."

그러더니 갑자기 내 목을 팔뚝으로 휘감으며 말한다.

"알지? 언니가 너 마이 사랑하는 거."

안다. 그리고 서은이 말이 맞다. 사랑은 에너지가 많이 들어가는 일이다.

나도 제이샘과 내가 우정을 나누는 친구라면 좋겠다. 서은이와 나처럼 '내가 샘 좋아하는 거 알죠?' 하고 말하면서 어깨동무를 하고 걸어가는, 망설이다가 겨우 말 꺼내도 아무렇지 않게 등이나 한 대 치고 마는 그런 친구였으면 좋겠다. 그랬으면 내 마음이 지금처럼 아련하게 아프진 않았을 텐데.

"같이 가."

곰 한 마리가 텅, 텅, 텅, 뛰어왔다.

"무슨 얘기 하고 있었어?"

서은이가 아무렇지도 않게 대답했다.

"피터샘 얘기."

"피터샘? 피터샘이 왜?"

"쫌 별로라구."

"왜? 난 피터샘 좋던데. 재미있고 잘 가르치잖아."

오, 상희야, 너 마음에 드는구나.

"역시. 둘이 코드가 딱 맞는데. 안 그래, 수아야?"

떡볶이를 시켜 놓고 서은이가 화장실에 간 사이 상희가 어울리지 않게 진지한 분위기로 입을 열었다.

"수아야."

"응."

"아까 너 좋아한다고 한 거, 장난 아니야."

"……."

"정말로 너 좋아해. 전부터 말하고 싶었어. 아까처럼은 아니지만. 아까는 서은이 때문에, 하하."

"그러게, 서은이를 누가 말려."

"너는 나 어떻게 생각해?"

오, 얘가 이런 돌직구를 날리다니. 그런데 뭘 어떻게 생각해? 아무 생각도 안 해.

"너? 야, 니캉 내캉 좋은 친구 아이가. 하하."

"우앗, 사투리 잘하네. 오케. 그럼 1번, 좋은 친구. 2번, 그냥 친구. 3번, 완전 좋은 친구. 몇 번?"

으, 이래서 너는 아닌 거야. 좋아하는 사람하고 같이 있는데 전혀 떨리지도 않고 와구와구 떡볶이도 잘 넘어가면, 그런 것도 사랑인가? 아니다. 사랑은 그런 게 아닐 거다.

"에이, 그래. 3번, 완전 좋은 친구. 됐냐?"

"정말? 오 예."

상희가 의자에서 일어나 기분이 매우 좋을 때만 추는 댄스라기보다는, 그저 어떤 몸부림을 쳐 댔다. 개다리춤을 추는 동시에 팔은 하늘을 향해 뻗어 비가 내리기를 기원하는 고릴라 같다고 해야 할까. 보는 사람을 웃기려고 하는 것 같기도 하고, 남의 시선 따위 신경 안 쓰고 자기 안의 감정을 분출시키는 행위예술 같기도 하다. 정말 웃기다. 보고 있으니 기분이 좋아진다.

상희는 서은이하고는 좀 다르지만 진짜로 '3번 완전 좋은 친구'가 되고 있다.

사실 내 인생에 요즘처럼 친구가 많은 때도 없었다.

초등학교 6학년 때는 반에서 자발적인 왕따로 지냈다. 아빠에 대한 소문 때문인지 아이들이 따돌리기도 했지만 나 스스로 아무하고도 별 관계를 맺지 않고 그림자처럼 지냈다. 그때 서은이는 아예 충수까지 다른 반에 있었다. 학교가 끝나면 다시 붙어서 지냈지만 학교에 있는 동안에는 완전히 혼자였다. 처음엔 고독을 즐기는 게 편하고 좋았는데 시간이 좀 지나고 나니 힘들고 괴로워졌다. 그러다가 중학교에 들어가 서은이와 연속으로 같은 반이 되고, 3학년 때는 다른 반인데도 쉬는 시간마다 만났다. 이제 서은이 없는 학교생활은 상상도 못 한다.

상희는 이 동네 아이가 아니다. 우리 동네에서 길 하나 건너면 이쪽하고는 분위기가 딴판인 고급 아파트촌이 있는데 상희는 그 아파트에 살고 거기 있는 중학교를 나왔다. 그런데 상희네 엄마가 괜히 좋은 고등학교 다니면서 등급 잘 못 받으면 대학 갈 때 도움이 안 된다는 선구적인 계획으로 굳이 후진 동네 후진 학교에 집어넣으셨다. 좋은 동네 좋은 학교를 버리고 후진 동네 후진 봉일고에 왔으니 첫 번째 중간고사에서 전교 1등을 할지 2등을 할지 엄마가 고대하고 있다며 상희는 한숨을 쉬었다.

"엄마가 나 죽일 거 같으면 바로 튈 거니까 너네가 나 재워 줘야 해."

서은이는 자기 집 서재가 넓다고, 나는 좀 더럽지만 오빠랑 같은 방을 쓰면 되니까 걱정하지 말라고 위로해 줬다. 상희는 그럴 줄 알고 수학 시간에 마음 편하게 3번을 내리 찍었다고 했다.

그렇게 괜찮은 친구인 상희가 나를 좋아한다니, 어쩐지 두렵기도 하고 한편으로 든든하기도 하다.

"근데 너는 나 왜 좋아?"

"너 예쁘잖아. 착하고. 헤헤."

"내가 어디가 이뻐? 그리고 나 안 착해."

"아닌데? 착한 거 같은데? ……에이, 좋으면 그냥 좋은 거지 이유가 있어야 되냐?"

"……."

맞다. 싫은 데는 이유가 엄청 많지만 좋은 데는 이유가 없다.

그냥 좋은 거다, 그냥.

제이샘을 처음 본 순간 희미한 민트 향에 홀려 좋아하기 시작한 것처럼 그냥. 제이샘에 대해 잘 알지 못하지만 별 이유도 없이 좋아하는, 그냥.

떡볶이를 먹고 상희는 길 건너 좋은 동네로 돌아가고, 서은이
는 가족과 함께 영화를 보기로 했다며 집으로 갔다. 나는 솔 책
방으로 갔다.

"서은이한테 고백은 잘했어?"

이모가 웃으며 나를 맞아 줬다.

"응. 근데 내 고백이 마음에 안 드나 봐."

"무슨 고백인데 그래? 궁금하네."

아무렇지 않은 듯 말하지만 조심스런 눈빛으로 나를 쳐다보
고 있다. 이모는 항상 그랬다. 내 얘기에 진심으로 귀를 기울여
주고, 내 문제에 대해 엄마보다 더 걱정하며 의논 상대가 되어
줬다.

이모한테도 한번 말해 볼까? 이모는 어른이니까 사람 보는 눈
이 다를 수도 있잖아.

"있잖아."

이모가 괜찮으니 천천히 말하라는 느낌으로 고개를 끄덕이며
말없이 나를 바라봤다.

"내가 제이샘을 좋아하거든."

이모가 미간을 모으며 '제이샘이 누구더라?' 자기가 알고 있
는 학교 선생님들을 헤아려 보고 있다.

"영어, 장우주 샘 말이야. 제이샘은 내가 붙인 이름이고."

"아아⋯⋯."

이모의 표정이 부드럽게 풀리는 걸 보니 조금 자신감이 생긴다.

"이모도 제이샘 별로야?"

"왜? 서은이는 제이샘 별로래?"

"응. 눈빛이 차갑고, 좋은 사람이 아니래."

"좋은 사람, 안 좋은 사람이 정해져 있나?"

"응?"

"남들은 다 별로라고 해도 나랑 잘 맞고 둘이 잘 통하면 나한테는 좋은 사람이지. 남들이 다 좋다고 해도 내가 별로면 나한텐 안 좋은 사람이고. 내 생각은 그런데?"

역시.

"근데 이모, 사실 난 남자친구 한 번도 없었거든. 학교 선생님을 첫사랑이라며 좋아하는 게 좀 웃기지? 유치하고."

쑥스럽게 말하는 나에게 이모가 정색하고 내 눈을 똑바로 바라보며 말했다.

"웃기지 않아, 수아야. 사람이 누군가를 좋아하는 건 그 어떤 경우라도 진지하고 아름다운 일이야. 이모는 우리 수아 멋지다

79

생각하고, 첫사랑도 완전 응원해."

뜻밖의 어록에 말문이 막혀 뭐라 대꾸를 못 하고 있는데, 때마침 캘리그라피 모임 사람들이 책방으로 들어섰다. 요즘 솔 책방은 요일을 정해 손님이 뜸한 저녁 시간에 우쿨렐레, 독서토론, 캘리그라피 같은 모임을 꾸려 가고 있다. 덕분에 인스타의 핫 플레이스로 종종 태그가 걸리기도 하고, 동네의 드센 터줏대감들도 새로운 이웃인 연우 이모를 좋아하는 편이었다.

아까까지 괜스레 찌뿌둥했던 마음이 순식간에 개운해져서 집으로 가는 발걸음이 폴짝폴짝 뛸 듯이 가볍다. 누군가를 좋아하는 건 어떤 경우라도 진지하고 아름다운 일이다. 이모의 한마디를 자꾸 되새겨 본다.

그러다가 문득 떠오른 생각.

이모는 누굴 좋아해 본 적 있을까?

책방 일기

일 년 전만 해도 S정신과의 K선생님 방은 내게 대단히 중요한 곳이었지요. 그곳에서는 아무 말이나 할 수 있고, 가끔이지만 위로가 되는 말을 들을 때도 있었으니. 무엇보다 현실적으로 도움이 되는 약 처방을 받을 수가 있었고요. 아직도 그 모든 것이 규칙적으로 필요하지만 1순위는 아니에요, 이제.

지금 나는 내게 기쁨을 주는 것을 세 개 이상 연달아 말할 수 있어요.

손님이 오려면 아직 한참 여유가 있는 책방에서 혼자 커피 마시고 음악 들으며 멍하니 있는 시간이 좋습니다. 저녁에 책방 문을 닫고 봉수로 7길 좁은 골목을 걸어 옥탑에 있는 내 방을 향해 또각또각 계단을 올라가는 것도, 아담한 내 집에 들어가 가스레인지에 불을 켜고 무언가 먹을 것을 만드는 순간도 좋고요. 이만하면 감사하다는 생각을 할 때가 많습니다.

솔직히 낮에 손님들을 만날 때는 여전히 두렵고 불안한 기분에 휩싸여서 한 번씩 숨이 막히기도 해요. 자연스럽게 웃는 것도, 누군가의 얼굴을 똑바로 쳐다보는 것도 아직은 자신 없어요.

하지만 친구라 할 만한 사람도 생겼네요. 의순 언니도 있고,

수아, 수호도 나를 친이모처럼 대해 주고. 수아와 친하게 지내는 아이들도 나를 이모라 부릅니다.

책방 이모. 마음에 드는 호칭이에요. 나 같은 사람을 이해하기에는 아직 좀 어린 아이들이라 본의 아니게 거짓말을 하고 있지만 정말 고마운 친구들이죠. 예전 솔 책방 사장님 말씀처럼 아이들이 내게는 치료약이 되네요.

사실 수아를 보고 있으면 배우는 것도 많지만 마음 아플 때도 있어요. 수아가 서른 넘은 아저씨를 좋아하는 건 아빠에 대한 그리움의 발현이 아닐까 싶어 짠하고, 같이 다니는 듬직한 남학생과 귀여운 풋사랑을 해 보면 더 행복할 것 같은데 아쉽기도 해요. 나도 참 오지랖 이모가 다 되었네요.

수아의 짝사랑 장우주 선생님은 책방에 몇 번 오셔서 안면이 있어요. 잘생기셨는데 유머 센스도 있고 사교성도 뛰어나서 즐겁게 대화를 나누기도 했어요. 나야말로 모처럼 또래의 멋진 남성과 대화를 나누다 보니 자연스럽게 누군가를 만나 교제하다가 사랑도 하게 되는, 그런 평범한 인생을 상상해 보게 되었지만. 오, 말도 안 되는 생각 말라며 얼른 머리를 털고 반성했네요. 하지만 나는 왜?

그동안 누군가를 좋아해서 좋은 결말에 이른 적이(예의 있게 혜

82

어지는 것도 좋은 결말이건만) 한 번도 없었기에 자신감 바닥이지만. 그래도 누군가에게 설렘을 느끼는 것, 내가 아직 건강하게 살아 있다는 기분을 느끼는 것, 그 정도만이라도 해 보고 싶다는 마음이 아주 오랜만에 조금 움트기도 했고요.

그러다가 예전에, 역시나 사람에게서 상처받고 좌절한 나에게 선생님이 해 주셨던 말씀.

"사람이 누군가 다른 사람을 좋아한다는 건 그 어떤 경우라도 죄가 아니죠. 그건 기적같이 아름다운 일입니다. 연우 씨, 그대는 아무 잘못이 없어요."

그 말씀이 떠올라 혼자 속으로 울다가 웃다가 했습니다.

내게도 그런 아름다운 기적이 올까요. 크게 욕심내는 것도 아니고, 다만 좋은 친구로 오랫동안 나란히 함께할 수 있는 그런 사람을 기다리는 건데. 그 정도 소박한 꿈도 품어 보면 안 되는 걸까요.

이상하게 생긴 나무

햇살이 따끈하고 저녁 무렵까지 하늘이 훤한 날이었다. 대문을 열고 들어서려는데 우편함 안에 어떤 봉투가 보였다.

귀퉁이가 좀 구겨지고, 종이의 재질이 나무껍질에 가깝다고 할 만큼 거칠고 누르스름한 봉투를 보는 순간, 아빠에게서 온 편지일 거라는 강렬한 예감을 느꼈다. 역시!

쌈밥을 먹고 떠나간 이후에 아빠는 아주 가끔 우리에게 편지를 보내왔다. 처음 편지가 왔을 땐 엄마 먼저 읽어 보시라고 고이 가져다 드렸다가 괜히 화만 불러일으켰다. "인간이 아주 돌아삐렸네." 엄마가 욕을 하면서 편지를 쫙쫙 찢어 버린 거다. 씹어 먹지 않은 게 다행이었지만 너무 조각조각 흩어져서 맞춰 보기도 힘들었다. 그 뒤론 아빠 편지를 발견하면 엄마 몰래 잽싸게 챙겨서 나 혼자 읽어 보고 보관해 두었다.

사실 아빠 편지에는 엄마가 열받을 만한 내용이 하나도 없었다. 열받을 만한 내용은커녕 아예 내용이라고 할 만한 게 없었다. 어떤 때에 나는 아빠 편지를 다 읽고서 편지지의 앞뒤를 다시 한번 열심히 살펴보기도 하고 봉투 안에 무언가 다른 쪽지라도 들어 있는지 싶어 톡톡 털어 보기도 했다.

'파도가 철썩인다. 별은 떨어질 듯 대롱대롱 매달려 있다. 지구는 둥그니까 자꾸 걸어 나가면 온 세상 사람 다 만나고 오겠지.'

'내가 고양이라면 오늘은 집을 나가 나무 위에서 밤을 지새우겠다. 야옹.'

'캐롤라인의 발등에는 토끼 모양 얼룩이 있다. 코리아 지도는 토끼 모양인가, 호랑이 모양인가. 누가 알려주소.'

……헐. 내 추측에, 아빠는 한 번씩 한국말이 그리울 때 이런 저런 단상들을 아무 종이에나 끼적여 보곤 하는 것 같다. 그런 다음 버리기엔 좀 아깝고, 다시 읽어 보니 뭔가 그럴싸한 것 같아서 한글을 아는 누구에겐가 띄워 보내려고 생각한 것 같다. 그런데 아는 주소가 우리 집밖에 없으니 우리에게 편지랍시고 보내는 것 같았다. 그러니 우리한테서 아무 답장이 없어도 전혀 개

의치 않고 내킬 때마다 '쓸데없는'(엄마 표현) 내용을 드문드문 적어 보내는 거겠지.

그런데 오늘 편지에는 꽤 중요한 얘기가 하나 있었다.

'……그러니 수호하고 수아, 아빠 사는 곳에 한번 놀러와 보는 거 어떤가?'

그러면서 아빠가 사는 동네나 바닷가 사진 같은 걸 몇 장 보내왔다.

아빠가 편지 안에 사진을 넣어 보내온 건 처음이라 봉투에서 무언가 툭 떨어졌을 때 나는 펄쩍 뛸 만큼 놀랐다. 아빠 모습이 나온 사진이 있는가 싶어 막 넘겨 봤지만 사람 모습이 제대로 찍힌 건 없었다. 그럼 그렇지. 사진조차 '쓸데없는' 것들을 보내셨구나.

사진들은 모두 아빠가 찍은 것 같은데, 평화로워 보이긴 하나 굉장히 멋지거나 감탄이 나오는 풍경은 아니었다. 우리나라 어촌하고는 조금 다른 느낌의 시골이었다. 시멘트나 아스팔트, 보도블록이 하나도 없고 주로 다 흙바닥이었다. 하늘은 파랗고 구름은 하얬다. 바닷물은 뭐라 이름 붙이기 어려운 푸른빛이 층층이 나뉘어 있었다. 과연 저걸 타고 바다로 나가도 될까 싶도록 낡아 보이는 배도 있었다. 개나 염소는 까맣고 지나가는 사람들은 거무스름했다. 아마도 캐롤라인이라고 짐작되는 시커멓고 통통한 발 사진도 하나 있었다. 발등에 토끼 같지도, 호랑이 같지도 않은 얼룩인지 반점이 있었다. 그냥 흙탕물이 조금 튄 것 같기도 했다.

뭘 하는지 매일 늦게 들어오는 오빠를 기다렸다가 쪼르르 방에 따라 들어갔다.

"한번 놀러 오라는데?"

매사에 미련곰탱이 같은 오빠지만 의외로 아빠에 대한 일이라면 예민하고 까칠한 반응을 보일 때가 많았다. 나라고 아빠를 대단히 그리워하고 사랑하는 건 아니지만 오빠는 아빠에 대해 정말 감정이 좋지 않은 것 같았다. 그래서 오빠에게도 아빠 편지를 안 보여 주는 때가 대부분이었지만 이건 말해 봐야 할 것 같아 사진과 함께 편지를 내밀었다. 편지는 읽지도 않고 사진만 대충 넘겨 보던 오빠가 그것들을 내 쪽으로 픽 던지더니 다시 핸드폰으로 시선 고정.

"싫어?"

"왜? 넌 가고 싶어?"

"아니, 뭐, 꼭 그런 건 아니지만."

"근데?"

"궁금하잖아."

"난 별로."

"별로?"

내 쪽을 쳐다보지도 않고 한마디씩 틱, 틱, 던지던 오빠가 갑자기 버럭 소리를 지르며 나를 노려봤다.

"야! 나 고3이야."

맞다. 오빠는 지금 고등학교 3학년이다. 그런데 그게 뭐? 수능 끝나고 갈 수도 있고, 잠깐만, 수능이라고라? 우리 오빠도 수능 치고 대학 가려는 사람인가? 오빠의 고3은 주위의 흔한 고3들과 많이 다른 것 같은데. 아닌가?

이참에 오빠가 얼마나 한심하고 모자란 인간인지 잠시 말해 보자면.

우리 오빠 조수호 군은 공부나 독서 등에는 전혀 관심이 없어 내면의 무식이 차고도 넘쳐 바깥으로 철철 흘러내리는 인간이다. 아주 어렸을 때부터 나보다도 어휘력이 떨어져 대화 중에 속담이나 어렵지도 않은 사자성어가 들어가면 제대로 알아듣지 못했다. 학교 성적 안 좋은 거야 말할 필요도 없지만 초등학생들도 알고 있을 만한 정치 시사 뉴스 쪽으로도 참으로 어두워서, 한번은 현재 우리나라 대통령이 누구인지 그 이름을 몰라 주변 사람들을 놀라게 한 적도 있었다. 정작 본인은 그리 부끄러워하지도 않았다. 어쩌다 고민거리가 생겨도 하룻밤 자고 나면 금방 잊어버리는 해맑은 뇌의 소유자인 만큼 대수롭지 않게 여겼겠지.

그래도 하나님이 공평하시어 언뜻 봐선 크게 바보스러워 보이지 않는 반반한 외모를 주셨는데 연예인이 될 만큼 잘생긴 건 아닌데다 머리가 나쁘고 눈치도 없으니 외모를 살릴 만한 일을 하기도 어려울 터, 도대체 쓸 데가 없다. 사춘기 이후 꾸준히 집중하는 일이라곤 '다양한 각도로 셀카 찍기'뿐이고, 스스로를 은근 멋지고 쿨한 타입이라 생각하지만 다른 사람들도 오빠를 그렇게 봐줄지는 의문이다.

요즘은 기타를 좋아하는, 일생에 도움이 안 되는 친구 황동운과 듀오가 되어 오디션 프로에 나가겠다고 설치고 있다. 어차피 웬만한 대학 가기는 어려울 것 같고(라고 자기 입으로 말했는데 내가 보기엔 아무 대학도 가기 어려울 거 같다), 이름도 못 들어본 대학에 들어가 비싼 등록금만 들여 봐야 취직도 안 되는데 (그건 정확한 판단이다) 다행히 괜찮은 외모와 타고난 리듬감이 있으니(어디에?) 이제 필요한 건 '운빨'뿐이라고 말하는 걸 들은 적이 있다.

이에 나의 반응은 심플하게 "헐", 엄마의 반응은 좀 더 구체적으로 "지랄하고 자빠졌네".

진즉에 도배나 배관설비 같은 특성화 기술을 배워 두는 게 좋았을 텐데 엄마가 아무 생각 없이 내버려 두는 바람에 봉일고에서 3년이라는 천금 같은 시간을 허비하고 말았다. 이제 고등학교 졸업 이후 갈 수 있는 데라곤 군대밖에 없을 것 같아 조금은 안타깝다.

조수호 얘기는 이 정도면 충분하고, 다시 아빠 얘기로.

그러니까, 아빠가 우리를 부른 거다. 온전히 자기 자신에게만 집중하고 싶다며 가족을 다 버리고 떠난 아빠가, 자기 사는 곳으로 아들딸을 초대한 것이다. 떠난 이후 처음으로.

솔직히 난 궁금하다. 아빠가 어떻게 사는지. 어떻게 생긴 집에서 살고 어떻게 생긴 방에서 자는지, 캐롤라인이라는 아줌마랑은 무슨 얘기를 하며 사는지, 캐롤라인은 어떤 사람인지, 아빠한테 무슨 음식을 만들어 주는지, 아니면 아빠가 캐롤라인 먹으라고 무슨 음식을 만들어 주는지, 아빠가 캐롤라인 때문에 얼마나 행복한 표정을 짓고 얼마나 자주 웃는지, 동네 사람들은 어떻게 생겼는지, 그 사람들하고는 친하게 지내는지, 대한민국 봉수동에서 엄마랑 나랑 오빠하고 사는 건 너무 답답하고 자신을 잃어

버리는 것 같다며 세계지도에도 나오지 않는 섬으로 가 버린 아빠가 얼마나 매순간 자아를 확인하며 자유롭게 어찌 살고 있는지…… 모든 것들이 다 궁금하고 알고 싶고 직접 보고 싶다.

엄마에게는 절대 말할 수 없고, 오빠는 비협조적인데다 어차피 도움도 안 되는 사람이니 나 혼자 궁리하고 결정해야 된다.

일단 마닐라까지 가는 비행기 값을 검색해 보니 의외로 비싸지 않다. 저가 항공으로는 이십만 원짜리도 있다. 오늘부터 조금씩 돈을 모으면 비행기 표는 살 수 있을 것 같다. 마닐라에서 아빠가 사는 섬까지 가는 데에는 필리핀 국내선을 이용하거나 아니면 배를 타는 방법도 있는 것 같다. 혹시 아빠가 마닐라까지 마중 나와 줄지도 모른다. 그런데 교통비만 있으면 되나? 사진 보니까 아빠 사는 형편도 그리 좋은 것 같지는 않은데 내가 쓸 돈은 좀 챙겨 가야 하지 않을까? 얼마 정도 가져가야 되려나? 돌아올 때 이모랑 서은이랑 상희 선물은 하나씩 사 와야 할 텐데. 돈 말고 또 필요한 건 뭐지? 미리 생각해서 준비해야 하는 게 뭐가 있지?

허공을 바라보며 멍하니 있는데 '까톡' 소리가 나를 깨웠다.

조슈아 트리(Joshua Tree)

연우 이모의 카톡이다. 링크해 준 것을 누르니 뿌리가 위로 뻗은 것처럼 요상하게 생긴 나무 사진과 글이 떠올랐다.

미국 LA에서 애리조나주 피닉스(Phoenix)를 향해 가다 보면 나타나는 모하브(Mojave) 사막. 인디언 보호 구역이기도 한 이 사막을 한 시간쯤 달리면 유카 밸리(Yucca Valley)에 둥지를 튼 작은 마을이 나타난다. 그곳에는 '여호수아의 나무'라 일컬어지는 전설 속 나무들이 기묘한 형상을 한 채 군락을 이루고 있다. 사막을 가로질러 약속의 땅 가나안에 입성한 이스라엘 지도자 여호수아(Joshua)의 마른 지팡이에서 싹이 났다는 성서 속의 나무 조슈아 트리. 조슈아 트리 지역은 특이한 나무와 광활한 대지를 덮고 있는 수많은 바위 군락들로 인해 천혜의 공원으로 주목받았고, 1994년 국립공원으로 지정되어 5천여 개의 등반 루트를 가진 등반가들의 천국이기도 하다.

오호, 멋진데?!

멋있지? 마른 지팡이에서 싹이 나서 나무가 됐다는 얘기도 넘 멋지잖아.

그러게. 나무가 쪼매 이상하게 생기긴 했지만.ㅋㅋ

우리 수아 이름이 붙은 나무가 있기에 보여 주려고. ㅎㅎ

히히~ 고맙.

언젠가 가야지. 조수아랑 조슈아 트리 보러.

미쿡에? 좋지. 돈 많이 모아야겠네. 이놈의 돈. 돈이 웬수야. ㅋㅋ

왜? 용돈 필요해? 이모가 좀 줄까? ^^

용돈이 아니라 큰돈 필요해.
나 알바 할 거 없을까?

큰돈? 알바? 왜, 무슨 일 있어?

……엄마한테 비밀로 해 줄 거야?

그럼.

퇴근했어? 좀 있다 방으로 올라갈게.

ㅇㅋ

역시 이모가 있으니 의지가 되고 좋다.

서은이가 있기는 하지만 따뜻한 가정, 좋은 부모님 아래에서
평탄하게 살아온 서은이에게 나의 콩가루 가족사를 다 까발리
고 의논하기는 좀 껄끄러운 부분이 없지 않다. 서은이가 우리
집에 대해 이미 모든 걸 알고 있고, 내가 털어놓으면 어떤 얘기
든 진지하게 들어줄 건 알지만. 그러니까 이건 순전히 내 자격
지심 문제라는 걸 알지만. 그래도 한 번씩 뭔가 쫌 그런 때가 있
다. 그러면 할 수 없이 화장실 변기에 앉아 혼자 묻고 답하기 놀
이를 하며 마음을 달래는 거다. 내 얘기를 알아들어 주고 공감

해 줄 수 있는 사람이 필요한데, 내 주변엔 그런 사람이 하나도 없으니 나 혼자 1인 2역을 했다. 그러다 보면 중심이 잡히고 정리도 됐지만 늘 쓸쓸했다. 그래도 그게 최선일 때가 많았다.

그러다 이모가 나타났고, 이제 이모는 나의 해결사, 나의 주치의, 나의 소울메이트가 되었다.

그나저나 아빠가 편지에 '온다면 미리 알려주길. 이것저것 준비도 좀 해 두고 적당한 곳으로 마중을 나갈 수도 있으니까'라고 썼는데 이를 어쩌나. 아무 말도 없으면 거절하는 줄 알고 캐롤라인과 둘만의 계획을 세워 버릴 수도 있는데, 그럼 곤란하잖아. 아빠와 캐롤라인은 가끔 둘이서 여행을 떠나기도 할까? 아빠가 이런 편지를 보낸 건 캐롤라인이 우리를 불러도 좋다고 허락해 준 덕분일까? 우리가 안 가겠다고 답을 한다면 아빠는 많이 실망하고 슬퍼할까?

'뜻밖의 초대를 하셔서 좀 당황스럽지만 거절하는 것도 죄송하니 나 혼자서라도 잠시 다녀올까 한다'는 답장을 보내야 하려나? 나도 편지지에 써서 우편으로 보내야 하나? 다른 아이들은 아빠랑 편지를 주고 받진 않겠지. 서은이나 상희를 보니 '가족 톡방'이라는 게 있던데. 아빠는 스마트폰도 없는 것 같으니 카톡도 모르려나? 카톡 있으면 나랑 문자를 주고 받으려나?

그러다가 문득 한 생각이 머리를 때렸다.

나, 아빠를 너무너무 신경 쓰고 있잖아!

이런 내가 마음에 안 든다. 어차피 아빠는 가족이나 자식보다도 자기 자신에게 집중하고 싶다며 떠난 사람이다. 그리고 나 역시 그런 아빠에게 연연하지 않고 잘살아 왔다. 그런데 갑자기 아빠에 대해 엄청나게 신경 쓰고 상상하고 집착하는 거, 그래서 마음 복잡해지는 거. 이런 거 나 안 좋아하는데.

내가 아빠에 대해서 이렇게나 신경 쓰는 줄 몰랐어. 은근 짜증나는데.

괜찮아. 아빠잖아. 당연한 거야.

난 왜 오빠처럼 못하는 거지?

오빠도 아주 관심 없는 건 아닐 거야. 게다가 오빠는 워낙 둔감한 인간이고 넌 좀 섬세한 편이잖아. 그런 차이야. 신경 쓰는 거에 대해서 신경 쓰지 마.

어떻게든 냉정함을 가장해서 답장 보내고 싶어 안달이야. 나 어떡해.

오늘은 답장이고 뭐고 잠깐 미뤄 둬. 일단 멈춤이야.

그럼 이제 뭐 해야 되지?

이모한테 가. 가서 다 얘기해. 괜찮은 줄 알았는데 애정결
핍 환자였다고 낄낄대며 말해.

이러는 내가 싫어. 안 좋아하는 스타일이야.

아니야. 이런 환경에 이 정도면 엄청 쿨하고 담백한 거야.
오늘은 갑자기 뜬금없는 편지가 와서 좀 흥분한 것뿐이야. 괜
찮아. 자, 얼른 털고 일어서.

위로해 줘서 고마워.

고맙긴. 너는 나인걸.

조금쯤 마음이 정리되었지만 그래도 아주 개운하진 않았다.
컴컴한 밤에 우리 집 바로 위에 있는 옥탑방에 올라가는 건데도
왠지 얼굴을 가리고 싶어 야구 모자를 눌러쓰고 집을 나섰다. 혹
시 울게 될지도 모르니.

책방 일기

요번 상담 시간에 선생님이 보여 준 조슈아 트리 사진은 여러 가지 의미가 느껴졌네요. 이름이 바로 우리 수아, 조수아 나무라는 것도 그렇고, 사진으로 보이는 특이한 모양새나 강렬한 느낌을 품은 전설 이야기도 그렇고.

집에 와서 수아에게 사진과 백과사전에서 복사한 내용을 보내줬지요. 그걸 계기로 수아는 늦은 밤까지 내 방 침대에 앉아서 조수아의 패밀리 트리에 대해, 그러니까 수아네 가계도랄까 하는 것에 대한 얘기를 털어놓았고요.

오랜 피상담자의 경험으로 제법 바람직한 상담자의 자세를 유지할 수 있었습니다. 그러니까, 그냥 열심히 들어주는 거죠. 선생님이 나에게 그렇게 해 주셨듯이, 뜨거운 마음으로 토해내는 많은 얘기를 가만히 들어주는 것. 그런데 그것만 해도 대단히 힘이 들고 에너지를 빼앗긴다는 걸 느꼈네요.

다행히 수아는 조금 울고 나더니 "이모, 마음이 한결 정리되었어. 고마워" 하며 돌아갔지요.

그런데 밤에 혼자 누워 자려는데 문득 쓸쓸하고 우울한 기분이 확 몰려왔습니다.

그러니까 수아는 진짜 이 사진의 나무 같은 트리를 가진 거죠. 나무뿌리가 오히려 하늘로 뻗은 듯한 괴상한 모양의 나무. 수아 표현으로, 정상적이지 않고 일반적이지도 않고 모범적인 것과는 완전 반대인 트리라 했는데. 뭐, 세상에는 여러 모양의 트리들이 있고 각기 다른 매력이나 장단점이 있는 거라고 말해 주었지만 아직 어린 수아가 받아들이긴 힘들겠지요.

어찌되었든 수아는 그야말로 '조수아 트리'를 가졌고, 그것 때문에 고민하고 있어요. '조수아 트리'는 다소 모양이 특이할 뿐 어디가 잘못된 나무는 아니니까 시간이 좀 더 흐르면 수아도 괜찮아질 거예요.

그런데 나는? 나도 나무가 있긴 한데, 아니 한때는 나도 좋은 나무의 한 부분이었는데, 이젠 떨어져 나간 가지가 됐다고 해야 하나, 생명이 없는 막대기일 뿐이라 해야 하나, 하여튼 그런 처지가 되었네요.

일본 생활을 정리할 무렵, 나는 나 자신을 있는 그대로 받아들이고 진정한 내 모습으로 살기로 했습니다. 그러기로 결심했지요. 하지만, 내 마음속 깊은 곳에는 깨끗하게 정리되지 못한 찌꺼기가 남아 있어요. 가족에게도 인정받지 못했는데 자신을 인정하는 게 잘 되지 않는다고 할까요.

2년 넘는 시간 동안 일주일에 한 번씩 상담을 했으니 모두 합하면 몇 시간이나 될까요. 그동안 많이 정리가 되기도 했고 치유도 되었지만, 어릴 때부터 항상 스스로를 뭔가 불완전한 존재라고 의심해 왔던 것이 내 안에 어둡고 황량한 방을 만들어 버린 것 같습니다.

채워지지 않는 어떤 것. 그것에 대해서도 많이 얘기했지요. 공허함과 상처는 누구나 갖고 있는 거라고. 그것을 채우고 싶어서 사람들은 사랑을 하고 취미를 갖고 일에 몰두하거나 악착같이 돈을 벌기도 하는 거라고. 하지만 난 여전히 궁금해하고 있는 거죠. 뭔가 충만하게 채워지는 느낌, 완전한 평안이나 안식은 없는 걸까?

조슈아 트리 얘기를 하다가 결국은 또 칙칙한 얘기를 하고 있네요. 하하.

그러니까 오늘 내가 하고 싶은 얘기는, 언젠가 애리조나주에 여행을 가서 조슈아 트리도 직접 보고 맛있는 것도 먹고 기념품도 사서 오겠다는 겁니다.

결사반대

초대해 주셔서 감사합니다. 오빠는 좀 바쁘고, 저도 공부할 게
많고 바쁘지만 특별히 초대해 주셨으니 겨울방학 즈음 혼자 가
볼까 합니다. 캐롤라인에게 폐를 끼치는 건 아닌지요. 혹시 무
엇을 준비해서 가야 하나요? 필요한 것이나 참고할 게 있다면
알려주세요.

추신. e-mail은 쓰지 않으시나요? 제 메일 주소는 joshua05@
zmail.com입니다.

아빠에게 답장을 썼다.

그동안 아빠에게 답장을 보낸 적은 없었다. 우리 쪽에서 먼저
편지를 쓴 적도 없었다. 혹시 엄마가 우리 몰래 아빠에게 편지를

보낸 적이 있을까? 아마 없을 거다. 엄마가 뭔가를 쓰는 모습은 도무지 상상하기 어렵다. 어쨌든 이렇게 짧게나마 답장이라는 걸 보내기 위해 무얼 쓰려고 해 보니, 반성문 쓰기보다 훨씬 더 어려운 거다.

우선, 예의바르게 존댓말을 써야 할지 친근해 보이도록 적당히 반말을 써야 할지 모르겠다. 나는 아빠에게 존댓말을 한 기억이 없다. 뭐, 대화라는 걸 해 본 기억도 별로 없지만, 워낙 어렸을 때니까 그냥 애기 같은 말투로 대했던 것 같다.

전에 한 번 엄마가 얘기한 적 있었는데, 내가 어렸을 때는 무지 귀엽고 애교도 많았다는 거다. 컥, 내가 애교라니. 엄마 말이, 오빠는 워낙 애기 때부터 말도 없고 뚱했는데 나는 옹알이도 일찌감치 하고 궁금한 것도 많아 질문도 많고 잘 울고 잘 웃는 예쁜 아기라서, 아빠도 '역시 딸이 다르구나'라고 했다 그랬다.

어쨌든 어렸을 때 일 같은 거 지금 내겐 1도 기억나지 않고, 대화는커녕 얼굴 본 지도 몇 년이 된 아빠에게 편지를 쓰려니 말투에서부터 모든 게 너무 어려웠다. 예쁜 그림이 있는 편지지에 쏠까 하다 그것도 쑥스러워서 연하늘색의 심플한 종이를 골라 간신히 할 말만 몇 줄 썼다. 고민 끝에 존댓말을 하기로 했지만 안 그래도 서먹한 사이가 더 멀게만 느껴져서 입맛이 씁쓸한 채로. 그렇다고 괜히 친한 척 반말을 쓰는 건 더 어색하고. 흑.

나도 아빠와 카톡 같은 걸 하고 싶다. '아빠 용돈 좀~' 이런 말도 써서 보내고, 재미없는 아재 개그에는 답도 안 해 주고, 그래 보고 싶다. 평범하고 당연해서 지루하기까지 한 일상이 어떤 사람에게는 이토록 어려운 일이라니.

어찌 되었든 간신히 편지를 썼으니 이제 부치면 된다. 그런데 해외 우편이라 우체국에 꼭 가야 하는데 이놈의 우체국이 내가 학교에 있는 시간에만 문을 연다. 학생들은 방학이 아니면 우편물도 마음대로 부치지 못하나. 문제 해결 능력이 뛰어난 학생이라면 불가능한 일은 아니지만.

담임을 찾아가 외출증을 끊어 달라고 했다. 나보다 어려 보이고 몸무게도 덜 나갈 것 같은 조그맣고 예쁜 담임이 눈을 동그랗게 뜨고 물었다.

"점심 시간에? 왜? 어디 갔다 오려구?"

"우체국에 꼭 가야 하는데 우체국이 주말엔 쉬잖아요."

"우체국? 무슨 일인데?"

"아빠가 필리핀에 계신데 뭘 좀 보내야 돼서요."

"그런 일이라면 어머니께 부탁하지 그래?"

"저도 그러면 좋겠는데 엄마 아빠가 안 좋게 헤어지셔서 그럴 수가 없어요."

"아……."

예쁜데다 착하기까지 한 담임이 입을 조금 벌리고 나를 바라보다가 얼른 고개를 숙이더니 볼펜을 꼭 쥐고 정성스레 사인을 해 줬다.

"감사합니다."

이런 식으로 하는 게 제일 깨끗하고 시원한 해결 방법이다. 이혼 가정의 자녀라는 게 자랑거리가 되진 않지만 써먹을 만한 무기가 될 때도 있다. 모처럼 내게도 무기라 할 만한 게 있는데 고이 아껴둘 필요가 있나. 나의 약점을 오히려 공격적으로 이용하는 건 뭐랄까, 내가 더 이상 그 문제로 상처받지 않는다는 걸 스스로 확인하는 것 같아 자신감이 올라가기도 한다. ……정말? 쳇, 자신감은 개뿔.

자신감과 자존감은 서로 비슷한 의미가 있고, 자존심은 전혀 다른 뜻이라는 글을 읽은 적 있다. '자존감'이 높으면 '자신감'이 생기는데, 그러면 '자존심' 상하는 거에 개의치 않는다고. 그런데 '자존감'이 낮은 사람은 '자신감'이 없어서 조금만 '쫀심' 상하는 일이 생겨도 부르르 하면서 상처받고 민감해한다고. 맞는 말인 것 같아서 부끄럽고 속상했지만, 그럼 어쩌라구, 자존감이든 자존심이든 뭐라도 하나는 지켜야 할 거 아니냐고.

어쨌든 5교시가 시작하기 전에 빨리 학교로 돌아와야 하겠기에 점심시간 종이 울리자마자 교문 밖으로 뛰쳐나갔다. 우체국은 봉수동에서 큰길을 한 번 건너 전철역 근처 주상복합아파트가 모여 있는 남수동에 있다.

큰길을 하나 건너니 갑자기 딴 세상이다. 우리 동네에선 보기 힘든 고급스런 카페나 커다란 베이커리도 많고 모든 게 산뜻하고 깔끔하다. 상희가 이런 동네에 사는구나. 좋은 환경에서 곱게 자란 아이들은 재수 없는 싸가지가 되거나 순진하고 착한 아이가 되거나 둘 중 하나인 거 같은데 상희는 후자인가 보다.

한컵 떡볶이 아줌마는 돈을 모아 이쪽 동네에 카페를 차리는 게 소원이라고 했다. 지금 하고 있는 조그만 가게도 늘 아저씨에게 맡겨 두고 엄마 문방구에 찾아와서, 아니면 가위손 미장원에 앉아서 군것질 하고 수다나 떨고 있는 걸 보면 쉽게 이루어질 소원은 아닌 것 같지만. 세상 잘난 척은 다 하지만 사실 무식한 걸로 따지면 엄마랑 삐까삐까한 떡볶이 가게 아줌마가 카페하고 어울리는가 말이다. 괜스레 남의 험담을 하는 것 같아서 좀 그렇지만 예전부터 한컵 아줌마가 싫었다.

길가에는 유명 학원 버스들이 벌써부터 줄줄이 대기해 있었다. 비싼 학원에서 열심히 공부해 좋은 대학에 들어간 다음 집안의 부를 물려받아 살아갈 아이들이 무표정한 얼굴로 올라타겠지. 그 아이들은 멀리 떨어진 섬나라에 사는 아빠에게 편지를 보내려고 점심시간을 쪼개 우체국에 뛰어가는 인생 같은 건 알지도 못할 거다.

나는 돈이 없어서 불행하다는 흔하고 상투적인 생각 같은 건 오히려 많이 하지 않았다. '돈이 없어서 짜증나지 않느냐고? 글쎄, 돈이 많으면 좋기야 하겠지만 난 뭐, 아빠도 없는데 돈 없는 것쯤이야 크게 서럽지도 않아.' 이런 자세를 갖고 있다고나 할까, 흥.

하지만 이 거리를 걸어가면서 보니까 돈이 많으면 좋겠다는 생각이 들었다. 유리창 너머에는 구경할 것도 많고, 예쁜 것도 많고, 먹고 싶은 것도 많았다.

그러다가 갑자기 제이샘을 발견했다.

우체국 옆에 팬시점이 있었는데 그 안에서 제이샘이 뭘 보고 있는 것 같았다. 열린 문으로 들어가 조금 가까이에서 훔쳐보니 제이샘은 볼펜을 고르고 있었다. 일반적인 볼펜이 아니라 끝에 스프링이 달려 있고 거기에 작고 말랑한 인형이 붙어서 대롱대롱 흔들리는, 조금 유치한 소녀 취향의 볼펜이었다. 저런 볼펜을 왜 사려는 거지?

그때 제이샘이 볼펜 하나를 집어 들고 계산대로 가다가 나를 보고 말았다.

"엇? 조수아. 여기서 뭐 해?"

"네? 아, 저, 요 옆에 우체국 갈 일이 있어서 외출증 끊고 나온 거예요."

"너도 우체국이야? 나도 우체국 땜에 나왔는데."

제이샘이 싱긋 웃더니 스프링 인형이 달랑거리는 볼펜으로 내 손에 들린 편지봉투를 가리키며 다시 말했다.

"얼른 가서 부쳐. 점심시간 끝난다."

그대로 몸을 돌려 우체국으로 달려갔다. 사실은 학교에서부터 요 앞에 걸어올 때까지만 해도 '부칠까? 부치지 말까? 그냥 찢어 버릴까?' 마음이 복잡했는데 제이샘 덕분에 갑자기 모든 것이 하얗게 지워져 아무 생각 없이 봉투를 넘겨 버렸다.

"됐습니다."

"네? 다 된 거예요?"

"네. 필리핀은 보름 정도 걸립니다."

이렇게 아빠에게 편지를 보냈구나. 가겠다고, 아빠에게 가 보고 싶다고 편지를 보냈구나. 얼떨떨한 마음으로 우체국을 나왔다. 나와 보니 문 앞에 제이샘이 있었다.

"됐어? 빨리 가자."

아, 제이샘이 나를 기다려 줬구나. 귀여운 볼펜을 산 다음 혼자 학교로 가 버리지 않고 나를 기다려 줬어. 다시 심장이 '둑흔 둑흔' 뛰었다.

"무슨 편지야? 해외로 보내는 거 같던데?"

"아, 네······."

갑자기 고개가 푹 움츠러들었다. 담임 앞에서는 당당한 무기로 써먹은 것이 제이샘 앞에서는 그저 감추고 싶은 약점이 되었다.

"우체국이 토요일에도 쉬더라고. 우리 같은 사람들은 어쩌라고. 그지? 아주 배가 불렀어, 짜식들이. 하하."

제이샘의 빠른 걸음에 맞추려고 애쓰면서 조금 같이 웃었다. 선생님은 무슨 일로 우체국에 가셨나요? 선생님도 외국 어디 섬마을에 그리운 누군가가 살고 있나요? 궁금한 게 많았지만 혼자 속으로만 말해 보면서, 어설프게 흐흐, 같이 웃었다.

"조수아는 집이 어디야?"

"학교에서 가까워요."

"그래? 중학교도 여기서 나왔나?"

"네. 봉수초, 봉수중 나왔어요."

"이야, 봉수동 토박이구나."

"그렇죠."

"선생님이 재작년에 봉일고 왔잖아. 그 전에는 봉수동이라는 데가 있는 줄도 몰랐어."

"아, 네에."

"처음 왔을 때는 아주 깜짝 놀랐다."

"왜요?"

"응? 아니, 서울에도 이렇게 좋은 동네가 있나 싶어서."

그러면서 클클클, 웃는데 비웃는 건지 뭔지 느낌을 알아차리기가 어려웠다. 사실 봉수동이 좋은 동네는 아니지만 대한민국에 더 후진 동네도 많을 텐데 학생 앞에서 대놓고 무시하는 건아닐 거다. 제이샘의 유머 코드가 약간 독특한 구석이 있는데 그래서인가 이해하기가 좀 어렵네? 다시 한번 어설프게 조금 웃다가 용기를 내어 나도 말을 걸었다.

"선생님 댁은 어디신데요?"

어울리지 않게 귀여운 목소리를 연출하려니 케게켁켁, 기침이 나왔다. 그래서 제이샘이 앞에 뭐라고 하는 걸 제대로 듣지 못했다.

"……다쳐. 크크."

그러고선 그다음부터 학교까지 말없이 훅훅 걷기만 했다. 제이샘이 워낙 걸음이 빨라 옆에서 같이 걸어가려니 허벅지가 뻐근하고 땀이 송송 솟구쳤다. 1층에서 제이샘에게 인사를 한 다음 3층 교실로 올라와 공책으로 파닥파닥 부채질을 했다.

오후에는 계속해서 이 생각 저 생각들이 불쑥불쑥 떠올라 머리가 복잡했다. 수업은 눈에도 안 들어오고, 아까 제이샘과의 짧은 시간을 떠올리며 하나하나 분석하느라 너무도 분주했다.

제이샘은 무슨 일로 우체국에 갔던 걸까? 전에 서은이가 조금 말해 줬는데, 제이샘이 생긴 거와 달리 어려운 환경에서 일찌감치 독립하여 혼자 힘든 노력으로 여기까지 온 거라 했다.

"내가 심리학 책 좀 읽어 봤잖니? 피터샘은 성공하고 싶은 야망과 자신의 과거에 대한 열등감이 뒤섞여 있는, 좀 칙칙한 캐릭터야."

성공하고 싶은 야망과 어두운 과거에 대한 열등감이 섞여 있는 캐릭터. 나랑 비슷하잖아? 어떤 스토리가 있는 건지 자세히 알고 싶다.

그 볼펜은 왜 산 거지? 귀여운 문구류를 좋아하시나? 그런데 아까 기침하느라 제대로 못 들은 부분에서 제이샘이 뭐라고 한 거지? 사생활 너무 알려고 하면 다친다는 거였나? 제이샘과 개인적인 시간을 가진 건 오늘이 처음인데 얘기를 할 때 농담인지 진담인지 얼른 알아차리기가 힘든 스타일인걸. 알면 알수록, 까면 갈수록 매력이 숨어 있는 양파 같은 제이샘. 아까 내가 뭔가 말이나 표정에서 실수한 건 없었겠지? 하긴, 제이샘은 나에게 관심도 없겠지. 훌쩍.

오늘따라 서은이도 생리 첫날이라 몸이 안 좋다며 일찍 가 버리고, 상희는 얼마 전부터 새로 시작한 과외 날인데 이거 늦으면 완전 죽음이라며 부지런히 집으로 갔다. 책방에 가 봤더니 이모도 바빠 보였다. 다음 주말에 책방에서 그림책 원화 전시회를 하는데 그 일로 화가님이 오셔서 대화 중이었다.

"어, 수아 왔어? 오늘은 별일 없었어?"

화가님과 여러 가지 의논 중이었을 텐데도 나를 맞아 주고 별일 없었는지 물어봐 주는 이모. 학교 끝나고 돌아왔을 때 엄마가 '오늘 학교에선 무슨 특별한 일 있었는지, 친구랑 싸우거나 선생님께 혼난 건 없는지' 물어봐 주면 좋겠다고 생각한 적 있었다. 초등학교 4학년인가 5학년 때에 이미 포기해 버린 마음이었지만. 그런데 이제 이모가 그렇게 해 주고 있다. 고등학생이 된 나에게.

"응, 괜찮아, 얘기하고 싶은 게 있는데, 밤에 이모 방으로 갈게."

"그래. 집에 갈 때 카톡 보낼게."

털레털레 집으로 와 보니 엄마도 없고 반찬도 없고 어제 먹다 남은 된장찌개밖에 없었다. 라면이나 끓여 먹으려다가 마음을 바꿔 김치볶음밥을 만들어 먹었다. 프라이팬째로 먹지 않고 접시에 동그랗게 옮겨 담아 나름대로 예쁘게 세팅까지 해 놓고 먹었다. 나도 안 좋은 환경에서 독립하고 성공해서 우아하고 멋있게 사는 사람이 되고 싶다.

엄마는 밤에 들어오더니 티비부터 켠다. 딸 얼굴 보고 오늘 하루는 어땠는지 물어봐 주기는커녕 연속극에 나오는 아가씨가 오늘 어떻게 되는지 거기에만 집중하고 있다. 그 애는 결국 부자에 교양까지 넘치는 친부모를 찾아 행복하게 살 텐데 뭐가 그리 걱정인지.

이모가 집에 들어왔을 시간이 지났는데도 카톡이 없어서 그냥 올라가 보기로 했다.

"엄마, 나 이모 방에 좀 갔다 올게."

"거는 또 왜 가? 가도 좀 쉬어야지."

여전히 내 얼굴은 보지도 않고 티비 속 사람들만 바라보며 영혼 없이 얘기하는 엄마라니.

"그래, 티비 보고 있어."

이모 앞에서 아까 제이샘의 모든 말 한마디 한마디를 다 재연해야겠다. 농담인지 뭔지 파악하기 어려웠던 얘기들도 그대로 들려주고, 클클 또는 크크크 웃었던 대목들도 다 알려줘야겠다. 이모가 뭐라고 할지 궁금하다.

올라간다~

카톡을 보냈지만 읽지 않기에 옥탑방 문 앞에서 벨을 눌러야 되나 어쩌나 생각하며 그냥 한번 문고리를 돌려봤는데, 어라, 문이 슥 열렸다.

"이모……"

현관 바닥에 던지듯이 벗어 놓은 신발이 평소와는 좀 달라 보여 조심스레 이모를 부르며 집 안으로 들어서려는데 저기 안쪽 침대 옆에 서서 뭔가 심각하게 전화 통화를 하고 있는 이모의 뒷모습이 보였다. 방금 집에 들어왔는지 늘 메고 다니는 커다란 숄더백이 현관 앞 마룻바닥에 누워 있었다. 이모는 평소 집에 들어와 가방을 방바닥에 던져두는 스타일이 아닌데. 창밖을 바라본 채 이쪽저쪽 서성대며, 전화기를 들지 않은 한쪽 손을 마구 휘저으며 통화를 하고 있는 이모는 많이 흥분한 듯했다. 이모가 화를 내거나 제스처를 크게 하는 걸 본 적이 없었기에 나는 좀 당황했다.

조용히 다시 나가야 하나, 생각하며 여전히 현관에 머뭇머뭇 서 있는데 그때 갑자기 이모의 날카로운 목소리.

"하! 이거 보세요, 박 교수님. 차라리 누가 나를 볼까 봐, 어디 소문이라도 날까 봐 너무 걱정되고 불편하니까 오지 말라고 솔직하게 말을 하지 그래? 그렇게 교양 있게 말씀을 하시니 내가 참 할 말이 없네. …… 아니! 난 엄마랑 언니 만나러 가는 거 하나도 부끄럽지 않아. 열심히 살고 있는 내 모습 보여 줄 수 있어서 기쁘고 반갑지. …… 뭐? 그럼 누나라고 불러줄까? 하! …… 내가 나 자신으로 살아가려는데 얼마나 더 참아야 되지? 그래도 가족인데, 있는 그대로 받아줄 순 없는 거야?"

아아, 진짜로, 얼른 조용히 나가야겠다.

숨을 죽이고 뒷걸음질을 치며 문고리를 꽉 잡고 조심스레 돌리던 나는 문득 그것을 보게 되었다. 이모의 숄더백 안에서 빼꼼 고개를 내밀고 있는 스프링 인형 달린 볼펜. 작고 말랑한 인형이 붙어 있는 기다란 볼펜.

……어, 지금, 이거, 뭐지?

밤새 복잡한 꿈속을 헤매면서 자다 깨다 하느라 아침에 일어
나니 머리가 무겁고 목덜미도 뻐근하면서 기분이 영 좋지 않았
다. 온종일 왜 그리 시무룩하냐는 서은이와 상희의 걱정에 제대
로 대답도 하지 않고 학교가 끝나자마자 책방으로 갔다.

"수아 왔어? 오늘은 별일 없었어?"

변함없이 담담한 말투로 살짝 미소 지으며 나를 맞아 주는 이
모. 하지만 언제나 똑같은 인사 멘트가 오늘은 어쩐지 형식적으
로 느껴진다. 어젯밤 전화 속 상대에게 그렇게나 날카롭게 화를
내던 이모였는데 지금은 호수처럼 잔잔하고 평화로운 모습이라
니 어색하고 낯설기도 하다.

"참, 어제 올라오겠다고 톡 했던데, 왜 안 왔어?"

"으응, 잠깐 올라가려 했었는데, 티비 보다가 안 갔어."

까놓고 물어보고 싶다. 이모가 그런 볼펜을 갖고 있는 걸 본
적이 없는데, 하필이면 똑같은 볼펜을 우연히 비슷한 때에 산 건
아니겠지? 그럼, 제이샘이 이모한테 볼펜을 줬다는 얘기? 왜?
어떻게? 제이샘하고 언제부터 알고 지낸 거야? 내가 제이샘 좋

아한다는 얘기까지 했었는데 이모는 나한테 제이샘 얘기 한 마디도 안 했었지. 그러고 보니 이모는 항상 내 얘기를 듣기만 했지 자기 얘기를 한 적은 없었어. 갑자기 배신감이 느껴지면서 이모가 여우같이 나를 속였다는 생각이 뭉게뭉게 피어올랐다.

매의 눈으로 이모의 모든 것을 샅샅이 훔쳐보게 된다. 연하늘색 줄무늬의 헐렁한 린넨 남방에 군데군데 살짝 찢어진 청바지. 그러고 보니 이모는 평소에 헐렁한 스타일을 즐겨 입는 편이었다. 일자 몸매에 콤플렉스가 있는 걸까? 이모가 얼굴이나 분위기는 우아한 매력이 있지만 몸매가 여자답게 예쁜 건 아니지. 자신을 드러내는 것에 두려움이 있는지도 몰라. 순간 나는 왠지 모를 경쟁심이 솟구쳐서 카디건을 벗고 교복 셔츠를 치마 안에 꽁꽁 다듬어 넣어 십 대 소녀의 건강한 몸매가 한껏 드러나도록 해보……려고 했으나 나 역시 몸매에 자신감 가질 형편은 아닌지라, 쩝. 어째 가슴보다 배가 더 나왔다. 브래지어 안에 뽕이라도 넣어야 되나. 쳇.

그건 그렇고 볼펜에 대한 팩트를 확인해 봐야 한다.

나는 물을 마시는 척하면서 카운터 위를 슬금슬금 살폈다. 이모가 책방의 여러 일들이나 주문할 것들을 정리하는 커다란 노트가 있는데, 그 노트 사이에 문제의 볼펜이 꽂혀 있는 게 보였다.

"어머, 이 볼펜 뭐야? 귀엽다!"

내 말투, 목소리가 어색하게 들리는 건 나만의 느낌이기를.

화분에 물을 주던 이모가 내 쪽을 흘깃 보더니 아무 말 없이 다시 화분으로 시선을 돌린다.

"근데 이모 취향이 이렇게 깜찍했었나?"

"으응. 그러게."

"샀어?"

"으응, 그냥, 어디서 생겼어."

그냥 어디서 생겼다? 좋아, 그렇다면.

"이쁘다아. 나 주면 안 돼?"

"어? 어어, 그게, 나도 누구한테 받은 건데 주신 분의 성의도 있으니까, 수아는 이모가 더 예쁜 걸로 하나 사 줄게."

"좋아."

좋지 않다. 완전 좋지 않다. 이러면 안 되는데.

제이샘은 왜 이모에게 볼펜을 줬을까? 학교 선생님들이 수업 시간에 쓸 교재나 필요한 책들을 주문하려고 솔 책방에 종종 들르는 건 나도 알고 있다. 하지만 제이샘이 왔던 적은 없었는데. 내가 없을 때 책방에 오신 적 있었나? 그래서 이모를 만나고 호감이 생겼나? 볼펜을 줄 때 무슨 말을 하면서 줬을까? 이모는 또 무슨 말을 하면서 볼펜을 받았을까? 이모도 제이샘 좋아하는 건가? 당연히, 싫지는 않겠지.

그런데 이모는 내가 제이샘 좋아하는 거 알고 있잖아. 말도 안 되는 일이지만, 천에 하나 만에 하나, 이모가 제이샘과 사귈 수도 있을까? 이모가 나 때문에 마음에 걸려 양보를 하거나 그러진 않겠지? 제이샘을 두고 나와 경쟁할 일은 없다고, 내가 그런 상대가 되진 않는다고 생각하려나. 하지만 그건 나도 마찬가지야. 이모의 정체성에 대한 비밀, 그러니까(수술을 해서 완전한 여자가 됐는지 아닌지는 모르지만) 이모가 원래는 남자였다는 사실을 알고 있는 한, 이모에게 제이샘을 뺏기지는 않을 거야!

여기까지 생각한 순간, 전기가 찌릿 통한 것처럼 몸에 털들이 바짝 서는 게 느껴지며 소름이 돋았다.

세상에, 이게 무슨 일이야. 이모를 두고 무슨 생각을 하는 거야? 너의 소울메이트라며. 사랑한다며. 이모의 정체성을 가지고 협박이라도 하겠다는 거야? 네 정체성도 아니고 남의 정체성에 대해 웬 관심이야, 정말!

내가 뭘 어쨌다구. 난 그냥 이모와 제이샘은 절대 안 된다는 얘기를 하는 것뿐이야.

네가 뭔데 그런 걸 결정하는 거야? 유쾌한 일은 아니고, 쉽게 이해가 되지도 않지만 어쨌든 제이샘이 이모에게 관심이 좀 있나 봐. 그러니 저렇게 귀여운 볼펜을 줬겠지. 하지만 거기까지야. 더 이상 신경 쓰지 말자.

이건 말이 안 돼. 이모는 아니잖아.

혼자 쿨하게 짝사랑만 할 거라 했잖아, 어차피 제이샘하고 너는 뭐가 어떻게 될 가능성이 1도 없다며, 그래서 좋다며.

제이샘은 이모가 어떤 사람인지 정확히 모르고 있어.

네가 무슨 상관이야. 차차 알게 되겠지. 제이샘이 알아서 할 거고 이모가 알아서 할 거야.

아빠는 하마 같은 필리핀 여자한테 뺏겼는데 제이샘은 이모한테 뺏겨야 하다니!

지금 여기서 아빠 얘기가 왜 나오는 거야?

이모가 날 배신했다는 기분이 들어. 내 마음을 다 알면서 몰래 제이샘하고 썸이나 타고, 유치한 볼펜을 고이 간직하고 말이야.

선물로 받은 거라서 예의를 지킨다잖아. 유치한 생각 그만하자.

마음이 쿵덕쿵덕 널뛰기를 하다 보니 그 누구보다도 나 자신이 가장 마음에 안 들고 싫어졌다. 제이샘 앞에서는 당당하고 자연스럽게 말도 제대로 못 하는 나. 안 그런 척하면서 몰래 이모를 살펴보고 경쟁하는 나. 유치하고 비열한 생각, 못돼먹은 생각이 머릿속에 가득한 나.

"근데 이모는 어떤 스타일 좋아해?"

속셈을 감추고서 이모를 떠보는 나. 아, 싫다.

"뜬금없이 무슨 얘기야?"

"그냥, 궁금해서. 이모가 몇 살이지? 연애 안 해, 이모는?"

"연애가 뭔가요? 먹는 건가요?"

이모가 택배 박스들을 정리하며 농담을 했다.

그래. 이모가 쉽사리 제이샘과 사귀기는 어려울 거다. 제이샘도 이모보다는 좀 더 예쁘고 귀여운 여자랑 어울릴 것 같다. 어쩌면 이미 그런 여친이 있을지도 모르지. 하지만 볼펜은 왜 준 걸까? 그 이유는 꼭 알아내고 싶다. 그런데 어떻게 알아내지?

역시 오래된 친구가 최고다. 이모를 만나기 훨씬 전부터 진짜 나의 소울메이트였던 서은이에게 모든 걸 얘기했다. 아니, 90퍼센트까지만 얘기했다. 이모의 마지막 비밀을 까발리지 않은 건 정말이지 내 인격이 성숙한 덕분이라 할 수 있다.

"그러니까 뭐야, 영어가 책방 이모한테 볼펜을 줬다는 거야?"

"그냥 볼펜이 아니야. 인형이 달린 귀여운 볼펜을, 일부러 팬시점에서 열심히 골라서."

"뭐, 호감이 있나 보지. 아니면 부탁할 일이 있거나 고마운 일이 있거나."

"부탁? 고마운 일? 그게 뭐지?"

"나야 모르지. 원래 영어나 국어과 선생님들이 책방 주인하고 친하잖아."

"흠. 샘한테 여친이 있는지 캐 볼 수는 없어?"

"개인적인 얘기 잘 안 한다니까. 쿨한 척하지만 엄청 비밀도 많고 음흉한 사람이야, 너의 제이샘이."

비밀이 많고 음흉하기로 치면 연우 이모를 따라갈 사람이…… 아아, 이러지 말자, 조수아.

그런데 며칠이 지나지 않아 이번에야말로 진짜 수습 불가능한 사건이, 그야말로 난리 블루스가 일어나고야 말았다.

난리 블루스의 서막

며칠 동안 마음이 이리 펄쩍 저리 펄쩍 널뛰기를 하면서 도대체 정리가 되질 않고 인생이 온통 회색으로 우울하게 가라앉았다. 기말고사 준비를 하는 척이라도 해야 할 텐데 모든 게 엉망진창이라 제대로 살 수가 없어서 견디다 못해 정면 돌파를 하기로 결심했다.

"선생님."

영어 수업이 끝나고 제이샘을 쫓아 복도로 나갔다.

"어, 조수아."

나의 개인기라 할 수 있는 순진무구 얼뜬 표정 연기를 하며, 목소리가 떨리지 않도록 배에 힘을 주고 입을 열었다.

"전에 팬시점에서 볼펜 사신 거요."

"볼펜? 무슨 볼펜?"

제이샘은 잠깐 고개를 갸웃하다가 이내 활짝 웃음을 지었다.

"아아, 그 인형 달린 볼펜. 그게 왜?"

"그거, 책방 이모한테 선물하려고 사신 거예요?"

"책방 이모? 박연우 씨? 네가 그걸 어떻게 알아? 연우 씨가 조수아 이모야?"

연우 씨라고? 연우 씨라니! 마음이 한없이 추락하면서 표정 관리가 어려웠지만 침을 한 번 꿀꺽 삼키고는 더욱더 바보스런 미소를 띠며 말을 이었다.

"아니요, 친이모는 아닌데 많이 친해요. 책방에 비슷한 볼펜이 있길래 궁금해서요."

"으응, 내가 박연우 씨한테 작은 마음의 표현으로 준 것이지. <u>호호</u>."

"마음의 표현이요?"

"연우 씨한테 내 얘기 뭐 좀 들은 건 없나?"

"글쎄요."

"워낙 말이 없는 스타일인 거 같더라."

"아닌데요. 말 엄청 많은데요?"

"그래? 여하튼 내가 그 볼펜으로 사업 구상 좀 해 보시라고

줬지. 하하."

"……."

"근데, 뭐? 그 볼펜이 왜?"

"아, 아니, 그냥요, 예뻐서요……."

"싱겁기는."

제이샘은 휙 돌아서서 싸한 향기만 남겨두고 복도 저 끝으로 걸어가 버렸다.

뚜벅뚜벅. 연우 씨. 뚜벅뚜벅. 마음의 표현. 뚜벅뚜벅. 뚜벅뚜벅.

그날 오후, 학교가 끝나고 서은이가 방송반에 간 시간. 집에도 가기 싫고 책방에는 더욱 가고 싶지 않아 도서관에 앉아 있었다. 참고서와 연습장을 펼쳐 놓고 아라비아 숫자와 알파벳, 한글을 뒤섞어 꼬부랑꼬부랑 변형시켜 가는 낙서질로 내 무의식을 형상화하고 있는데 카톡이 울렸다. 오빠다. 오빠가 나에게 카톡을?

저녁에 테레비 꼭 바. 너에 힙합을 왜쳐바.

아, 맞춤법 좀. 뭔 소린지 묻기도 싫어 그냥 씹었는데 잠시 후 다시 한번, 까톡.

이번엔 뭔가를 링크해서 보냈다. 가만 보니까 〈너의 힙합을 외쳐 봐. 힙합청춘!〉이라는 오디션 프로가 새로 생겼나 보다.

> 뭔데?

> 오라바니가 나오신다 마이 동운이랑.

티비에 나온다고? 오디션 프로에? 끼리끼리 논다고 어쩜 자기랑 똑같은 수준인 동운 오빠와 맨날 붙어서 뭔가를 쑥덕쑥덕 낄낄대더니, 오마이갓.

> 예선 통과. 아마도 탑3에 들어갈 듯. 크하하하.

> 헐.

> 엄마랑 꼭 같이 바라.

도대체 얼마나 수준이 낮은 프로면 조수호, 황동운 같은 애들이 예선을 통과해서 방송에 나온단 말인가. 보고 싶지 않았지만 혹시 무슨 추태를 벌였으면 일찌감치 남매의 연을 끊어야 하겠기에, 사실 그것보다는 무언가 바보스러운 어떤 것을 멍하니 보면서 모든 세상사를 잊고 싶다는 마음이 들어 라면 냄비를 끌어안고 시간 맞춰 티비 앞에 앉았다.

"다음 참가자는 남학생 두 명이네요. 조수호, 황동운 군."

몸에 쫙 달라붙은 교복을 입어 슈트발은 좀 사는 오빠랑, 그 어떤 옷으로도 커버하기 어려운 짜리몽땅한 몸매를 가진 동운 오빠가 무대 위로 뛰어 올라왔다. 팀명을 뚱뚱이와 홀쭉이라 하면 될 것 같은, 참으로 웃기도록 안 어울리는 커플이지만 나는 저들의 속사정을 안다. 오빠는 외모와 되지도 않는 랩 담당이고 나름 음악성이 있는 동운 오빠가 나머지 모든 것을 담당했다. 그러니까 오빠는 '진짜 카수' 동운 오빠에게 묻혀 가고 실력은 있으나 외모 레벨이 좀 떨어지는 동운 오빠가 얼굴 하나 반반한 오빠를 업고 가는 중이다.

그나저나 방송에 나가는 거라 둘 다 메이크업을 해 준 거 같은데, 동운 오빠는 여드름 난 얼굴 위에 화장을 시켜 놓으니 번들번들 울퉁불퉁한 게 더 못생겨 보였다. 조수호는 그래도 실물보다 약간 나아 보였고.

다른 참가자들을 보니 노래를 하기 전에 약간의 자기소개나 무슨 얘기도 하는 것 같던데 역시나 그런 건 다 무참히 편집됐는지 곧장 무대가 펼쳐졌다.

먼저 오빠가 뭐라고 하는 건지 알아들을 수도 없는 랩을 허세 가득한 표정과 손짓을 하며 읊조려 댔다.

"웅얼웅얼 퍼킨 예이 웅얼웅얼 마더 겟잇 부부붑……."

맙소사. 그러고는 이어서 동운 오빠가 생긴 거와 안 어울리는 맑은 목소리로 노래를 불렀다. 역시 동운 오빠가 노래 하나는 잘한다. 그 옆에서 오빠가 몸을 흔들며 중간중간 추임새를 넣듯이 랩을 했다. 끔찍했다. 차마 눈 뜨고 봐줄 수가 없을 지경이었다.

힙합 오디션이라 그런지 무대를 방청객과 호응할 수 있는 스타일로 꾸민 것 같았다. 가운데에 둥그런 무대가 약간 솟아올라 있고 그 주위를 빙 둘러 방청석이 있는데 거기에 중고딩 애들이 의자도 없이 서서 어설픈 힙합꾼들 흉내를 낸답시고 어깨도 흔들고 알 수 없는 손짓들을 하는 모습이 화면에 나왔다. 오빠를 바라보는 여자 방청객들의 눈에서 하트가 뿅뿅 나온다는 일러스트로 화면을 편집했다. 자막도 웃겼다.

'의외의 조합. 거친 외모의 목소리 미남, 자유분방한 꽃미남 래퍼!'

그래, 대화를 나눠 보기 전까지는 오빠가 멋있고 잘생겨 보일 수도 있겠지. 입을 열어 무슨 얘기든 말하는 순간 바로 확 깨겠지만.

어쨌든 그렇게 노래가 끝나고 심사위원들이 심사평을 해 주었다. 심사위원이라는 인간들도 노숙자가 입다 버린 듯한 점퍼를 입고 있거나 벙거지를 덮어쓴 힙합가이들이다. 오빠 영향으로 내가 워낙 힙합을 싫어해서 그런지 처음 보는 여자가 힙합계의 비욘세라며 앉아 있는데 걸고 있는 코걸이, 귀걸이를 합치면 열 개는 될 것 같았다.

"지원서에 두 사람이 십 년 친구라고 쓰여 있는데 그래서인지 호흡이 아주 잘 맞고 서로의 부족한 점을 채워 줘서 전체적으로 조화를 잘 이루고 있네요."

"황동운 군은 타고난 음성이 참 좋고 기본기도 탄탄하다는 게 느껴지네요. 조수호 군은 처음에 혼자 랩 치고 나올 때 좀 더 자신감이 있었으면 좋겠고요."

"근데 조수호 군은 비주얼이 발라드나 록을 해도 어울릴 것 같아요. 굳이 힙합을 하는 이유가 있나요?"

"힙합은 스웩이니까요. 하하하."

심사위원들이 웃고 방청석의 소녀들도 웃는다. 아, 부끄러워. 그만 티비를 끄려고 리모컨을 찾아 고개를 돌리는데 언제 왔는지 옆에서 엄마도 같이 웃고 있다. 엄마한테도 열심히 알려줬나 보다.

"너그 오빠가 인물 하나는 훤하다, 그쟈?"

"아들 인물 훤해서 좋아?"

"생긴 거만 보면 전혀 공부 못하는 아 같지가 않아. 안 그냐? 인물 훤하고 변죽도 좋으니까 외제차 영업 같은 거 하면 잘할 기야."

"머리에 든 게 없어서 말을 저 따위로 하는데 영업을 어떻게 해? 그것도 외제차를?"

"니야말로 말뽄새가 왜 그 따우야? 뭐 땜에 신경질이야?"

"아, 몰라."

일어나서 싱크대에 냄비를 집어넣고 방으로 들어가려는데 엄마가 또 묻는다.

"다음 주에도 나온대, 방송?"

"내가 어떻게 알아?"

"오래 나오긴 쪼매 어려워 보이는데, 안 그냐?"

"어머, 인정에 끌리지 않는 객관적인 평가."

"내가 원래 경우가 밝다 아이가. 흐흐흐."

그날은 대충 그렇게 지나갔다.

그런데 엄마가 미처 예상하지 못한 일이 터졌다. 세상에 할 일 없는 사람이 얼마나 많은지 이번에 알았다. 네티즌이라 해야 하나 악플러라고 해야 하나, 하여간 이상한 사람들이 몰려와서 오빠랑 동운 오빠의 SNS를 다 털어버린 거다. 뭐, 그들의 SNS에 볼 만한 게 있지는 않지만 작년 학교 축제에서 오빠가 여장을 하고 찍은 사진은 좀 화제가 됐다.

보통 학교 축제 때 남학생들이 여장을 하면 추하고 징그럽기 만 한데 오빠의 여장은 꽤 괜찮, 그래, 솔직히 제법 예뻤던 거다. 오빠 반에 메이크업 아티스트가 되고 싶은 애가 있었는데 그 애가 제대로 한번 해 보고 싶다며 두 시간을 달라붙어서 작업을 했다. 분홍색 가발을 쓰고 머리띠를 하고 여자 교복을 입고 화장 도 정상적으로 했다. 그 결과 오빠는, 정말, 예쁜 여자 같았다. 오 빠가 워낙 마르고 이목구비는 또렷한 편이라서 전문가의 손을 거치고 나니 남자 아이돌이 여장을 한 것 못지않았다.

예쁜 여자로 변신한 오빠와 슈렉 같은 분장을 한 동운 오빠가 즐거워하며 찍은 사진이 인터넷의 바다에 둥실둥실 떠다녔다. 오죽하면 연예계 소식 같은 데에 관심 없는 서은이조차 기사를 찍어서 내게 보냈다.

이거, 정말 수호 오빠 맞아?

그런 거 같네.

웬일. 이제 보니 수호 오빠가 꽃미남이었네. 내가 미처 몰라봤네. ㅎㅎ

그의 지성과 인성을 알고 있으니 잘생겨 보일 리가 없지.

왜 그래? 인성은 나쁘지 않구만.

그런데 일이 점점 이상한 쪽으로 흘러갔다. 오빠의 여장 사진 아래 친구들의 유치한 농담 댓글들이 있었는데 그것까지 화제가 된 것이다.

└→ 고필휘 예, 예쁘다;;;

└→ 나훈배 악. 옵빠, 사랑해. 나랑 사귀자.

└→ 황동운 안대. 수호는 내 여자!

└→ 조수호 꺼져. 미친 새끼들. ㅋㅋㅋㅋㅋ

└→ 힙합청춘에 나온 조수호 황동운 둘이 사귄대요. 우웩.

└→ 동성애는 죄악입니다.

└→ 조수호 딱 내 이상형이었는데. ㅠ.ㅠ

└→ 무슨 소리야. 걔네 둘 우리 학곤데 사귀는 거 아님. 조수호는 여친 있음.

└→ 조수호 약간 게이 같던데 게이가 여자 사귀면 그건 뭐지? ㅋㅋㅋ

└→ 이래서 힙합이 시러. 힙합 하는 애들이나 듣는 애들이나 다 병신들만

    있어.

└→ 머야. 니가 더 병신이다.

봉수동 뉴스에서 압도적인 1위를 차지해 본 적은 있으나 이런 식으로 인터넷에서 화제가 된 일은 처음이라 당황스럽긴 했다. 하지만 내가 신경 곤두세우며 난리칠 일이 아니라는 생각도 했다. 나에 대한 얘기도 아니고, 내가 언제 오빠 일에 관심 있었다고. 우리끼리는 나름 '화제가 됐다'고 하나 솔직히 연예인급의 기사가 나온 것도 아니고, 〈힙합청춘〉 게시판이랑 오빠 SNS가 조금 시끄러워진 정도다. 새로 시작한 오디션 프로니까 작가나 뭐 그런 사람들이 주작으로 화젯거리를 만들었을 거라는 생각도 들었다. 뭐, 그냥 그 정도 일이다.

그런데 이상하게 너무너무 짜증이 났다. 서은이나 상희가 키득거리며 얘기하는 것도 듣기 싫고, 내가 조수호 동생이란 걸 아

는 선생님들이 농담하는 소리도 듣기 싫었다. 상희가 진지하게 물어올 지경이었다.

"너 요즘 왜 그래? 생리야?"

"아, 몰라. 하루 종일 피곤하고 만사가 짜증스러워, 으."

"바이오리듬이 전체적으로 떨어지나 보다. 우리 엄마가 나 먹으라고 준 홍삼인데, 너 먹어라."

그런데 정작 내 바이오리듬을 깔아뭉갠 오빠는 이 사태를 즐기고 있었다.

"오, 내 이름이 검색어에 올라갔어."

네티즌들이 동성애니 게이니 하면서 난리를 친 탓인지, 순전히 실력이 없어서인지 오빠네 팀은 2단계에서 탈락하고 말았다. 7단계를 통과하여 1등이 되면 상금이 1억이라는데, 처음부터 주제는 알아서 큰 꿈 따위 없었던 오빠는 그저 즐거웠다.

"이야, 연예인들이 악플 때문에 자살하는 심정을 이제야 알겠네. 으하하."

엄마는 1억도, 2차 탈락도, 검색어니 뭐니 하는 것도 다 관심 없었다.

"그거 다 할 일 없는 사람들이 심심해서 씨부려 쌓는 기야. 하루 이틀만 지나면 아무도 기억 못 할 거니까 신경 쓸 거 없다."

나도 다 안다. 나도 원래 '오우, 역시 좆쑤호' 한마디 하고 지나가면 끝날 사람이다. 그런데 이번에는 왜 이렇게 짜증이 나는지 모르겠다. 뭔가 온 세상 사람들이 우리 가족을, 나를 향해 메롱메롱 놀려 대는 것 같다. 놀리는 그 사람들이 더 유치하고 바보스러운 거 아는데, 그래서 무시하면 된다고 생각하는데, 상관도 없고 중요하지도 않은 일에 부글부글 화가 끓어오르고 있다. 왜 이러지?

순서가 어떻게 되는 건지도 모르겠다. 오빠 일이 먼저이고 그것 때문에 화가 나는 건지, 화가 나 있는데 하필 그다음에 오빠일이 생긴 건지. 아무것도 모르겠다. 그냥, 부글부글 부글부글.

이모를 찾아가서 얘기나 해 볼까, 하는 생각도 안 한 건 아니다. 요즘 책방에도 자주 안 가고, 오다가다 이모랑 마주쳤을 때도 영 떨떠름하게 대하는 내가 마음에 안 들었다. 얘기할 사람이 없으니 외롭고 쓸쓸하기도 했다. 이모하고의 관계가 다시 예전으로 돌아갈 수 있기를, 적당한 기회가 생기기를 바라고 있었다. 이모는 여전히 '우리 수아 열공 중? 파이팅!' 이런 문자도 보내오고, 어제 아침엔 '수호가 갑자기 스타가 됐네? ㅎㅎ 수아 괜찮지? 모든 것은 다 지나간다오' 하는 톡을 보내오기도 했다. 역시이모는 내 마음을 아는구나 싶어서 고맙고 울컥하기도 했는데,

그런데도 결국 그냥 읽고 씹었다.

왜냐하면, 자세히 말하기도 싫은데, 이모와 제이샘이 진짜로 썸을 타고 있기 때문이다, 세상에.

지난번 '볼펜과 연우 씨' 사건으로 충격을 받아 정신이 오락가락하는 중에도 나는 둘 사이에 언제 무슨 일이 있었던 건지, 내가 놓친 게 무엇인지 알아내기 위해 궁리했다. 그러다가 책방에 가는 시간대를 바꿔서 움직여 보았다. 그동안 나는 주로 서은이가 방송반 모임을 하고 있는 화요일과 목요일 오후 4시에서 5시 사이를 책방에서 보냈다. 그러다가 5시 이후에 서은이가 책방으로 오면 그때부턴 둘이 나가서 놀기도 하고 서은이네 집에 가기도 했다. 월, 수, 금요일에는 서은이가 저녁 7시에 수학 학원에 가기 때문에 그전까지 서은이하고 붙어 있다가 저녁에 혼자 책방에 갔다. 그런데 이것을 거꾸로 해 봤다. 월, 수, 금요일에 학교 끝나고 곧장 책방으로 가고, 화, 목요일에는 오히려 5시 이후에 천천히 책방으로 가 보았다.

그래서 알게 된 사실. 화요일과 목요일, 방송반 모임이 끝난 이후, 평균 일주일에 한 번꼴로 책방에 와서 커피도 얻어 마시고 노닥노닥 얘기도 나누는 게 제이샘의 일상이었다. 둘째 화요일 저녁 6시마다 '엄마의 책 읽기'라는 독서토론 모임이 있는데, 저번엔 거기에 특별 게스트라며 같이 끼어 앉아 있기도 했다. 아줌마들 사이에서 하하호호 즐겁게.

결국 내가 화, 목요일에 서은이랑 같이 나가고 나면 바톤 터치하듯 제이샘이 들어와 이모랑 시간을 보냈던 거다. 나는 그걸 감쪽같이 몰랐던 거고.

또 하나 미처 몰랐던 중요한 사실을 알게 됐는데, 제이샘이 아빠가 된다면 지적이고 신선한 매력을 품고 있을 것 같기도 하지만 남친으로서는 엄청나게 유치하고 좀 느끼한 스타일이라는 거다.

"어떤 책을 읽느냐가 그 사람에 대해 말해 준다지 않습니까?"

한번은 책방에 손님이 아무도 없는데(그래서 내가 더욱 이모를? 제이샘을? 내 자리를! 꿋꿋이 지키고 있었는데) 나 따위는 신경도 쓰지 않고 이런 말을 했다.

"제가 보니까 솔 책방 책들이 연우 씨 독서 목록인 것 같은데, 맞죠?"

"뭐, 책방이 작으니까, 제 생각에 좋은 책만 갖다 놓으려는 거예요."

"그럼 전 여기 있는 책들만 다 읽으면 되겠군요."

"네?"

"적을 알고 나를 알면 백전백승이니까요. 핫핫핫."

우웩, 세상에, 어떻게 저런 말을 할 수가 있어? 그런데 토가 나오지 않게 입을 틀어막는 게 아니라 부끄러운 듯 외면하는 이 모는 또 뭐야?

카운터 뒤에 앉아서 책을 읽(는 척하고 있)는 나를 보고서 제이 샘은 반가워하지도 않았다. 오히려 불쾌하고 어이없는 농담을 던졌다.

"아니, 조수아가 책을 읽고 있다니. 정말 놀라운 풍경인걸."

다른 건 몰라도 책 읽는 것만큼은 잘하는 사람인데 그걸 모르셨나요? 그리고 적어도 영어 시간만큼은 졸지 않고 열심히 수업에 임했었는데 무슨 웃기지도 않은 농담인지.

"전에 제가 말씀드린 유튜브 사업, 생각해 보셨어요?"

"아, 그거요……."

"여기 책방이 요즘 젊은이들 사이에서 꽤 뜨고 있어요. 문화 행사 하시는 것들도 인스타에 자주 올라온다니까요. 인스타를 하세요, 인스타를."

"제가 그런 거에 별로 소질이 없어서요."

"허허. 여튼 요즘은 유튜브의 시대거든요. 책방에서 읽어 주는 영어 원서, 그게 아주 괜찮을 거라니까요."

137

"선생님 혼자 하시죠, 왜…….."

"아저씨가 방구석에 앉아서 책 읽어 주면 누가 좋아합니까? 예쁜 책방에서 예쁜 누나가 먼저 책 소개해 주고 그다음에 영어 선생이 짧게 읽어 주고, 이렇게 해야죠."

흥, 아예 커플로 사업까지 하려나 보다.

"어디가 안 좋으세요? 오늘 얼굴이 해쓱하시네요."

"제가요? 아닌데요?"

"사람이 햇볕도 쬐고 놀기도 하고 그래야 되는데 연우 씨는 너무 책방에 앉아 책만 읽는 거 같아요. 주말에 제가 좀 같이 놀아 드릴까?"

"아니, 아니에요."

"아이고, 그렇게 정색을 하시면 제가 더 민망하죠. 저도 바쁜 사람입니다. 핫핫."

이 대화를 듣게 된 날, 나는 더 이상 참지 못하고 읽던 책을 탁 덮어 놓고 책방을 나왔다. 그 이후로는 책방에 거의 가지 않았다.

서은이한테 제이샘과 이모가 유치하게 썸 타는 얘기랑, 제이샘의 토 나오는 작업 멘트들을 들려주면 서은이는 재미있다고 막 웃었다.

"너무 유치하지 않니? 어우, 웬일이야."

"원래 사랑은 유치한 거야. 남 보기엔 세상 유치하고 흔해빠진 뻔스토리인데도 자기네한테는 너무너무 절절하고 아름다운 게 사랑이잖아."

"사랑이든 연애든, 내가 아주 이번에 확 깼어, 와장창."

"오옷, 우리 수아, 질투심 폭발인데?"

그런가? 질투하는 건가? 열등감 폭발이라고 하지 않아서 그나마 다행이고.

그런데 내가 왜? 제이샘은 내 생각만큼 멋있는 남자도 아니었고, 게다가 이모는, 이모는 진짜 여자도 아니잖아!

미운 생각, 못된 생각은 사람의 에너지를 갉아먹는 게 분명하다. 공부는 얼마 하지도 않고 서은이네 독서실(=서재)에서 잠만 자다 나왔는데 지치고 피곤해서 집으로 오는 걸음걸음마다 한숨이 푹푹 나왔다. 안 그래도 피곤한데 현관에서부터 오빠가 귀찮게 했다.

"이거 봐라."

1학기 기말고사가 낼모레인데 고3이 뭐가 그리 즐거운지 혜벌쭉 웃는 얼굴로 핸드폰을 들고 방으로 쫓아 들어왔다.

"며칠 사이에 팔로우가 백 명이 늘었어. 정확히 구십구 명."

"어. 나가."

"동운이는 열 명밖에 안 늘었는데 나는 구십구 명."

"알았다고. 나가라고."

"필휘가, 고필휘 알지? 걔가 아이디어를 냈는데, 아예 내가 여장을 하고 동운이랑 둘이 혼성그룹을 하라고. 와, 진짜 웃기지 않냐?"

"쫌 나가."

"장난으로 이상하게 하는 게 아니라 진지하게, 진짜 진지하게. 내가 가만 보니까 우리 반 여자애들이 나보다 안 예뻐. 크크. 사실 내가 너보다 예쁘잖아. 하하하."

"아, 진짜, 나가라고."

"그래서 제대로 여장을 하고 나는 랩 하고 동운이는 노래하면 완전 터진다 이거지. 그룹명은 치마바지 아니면 핑크바지라고 하래. 이게 어떤 은유래, 은유. 은유가 아니라 직윤가? 뭐냐? 히히."

"미친놈아, 쫌 나가라고. 여자도 아니면서 여장하고 티비 나가는 게 좋아?"

"야아, 왜 욕을 해? 그냥 재밌게 얘기하는 건데."

"그게 재밌냐, 재밌어? 여장이고 뭐고 다 듣기 싫어. 정말 역겨워. 여자도 아니면서 여자인 척하는 거!"

나는 빽빽 소리를 지르고, 오빠는 '내가 뭘 그리 잘못했나?'
하는 표정으로 멍청하게 서 있고, 무슨 일인가 싶어 내 방에 얼
굴을 들이민 엄마는 미간을 모은 채 나를 살폈다.

"수호는 니 방으로 가고, 수아는 왜 그리 소리를 질러싸? 뭔
일 있어?"

"……."

오빠는 슬금슬금 방을 나가고, 엄마는 가지 않고 서서 뭔가
의심스러운 눈빛으로 나를 살펴보고 있다.

"아무 일 아니야. 그냥 좀 피곤하고 짜증이 나서 그래."

"간식 좀 사다 주까?"

"아니야. 됐어."

엄마까지 내보내고 방문을 밀어 닫고 나니 어쩐지 갑자기 맥
이 확 빠지며 뭔가 울컥하는 것 같다. 침대에 드러누워 서은이에
게 카톡.

> 있잖아.

> 안 자? 이제 잠이 안 오지!? ㅋㅋ

> 울고 싶다.

왜?

너 믿고 말해도 되지?

뭘 그런 걸 물어?
말하기 싫음 말 안 해도 됨.

아냐, 너한테만 말하고 쫌 가벼워지려고.
너무 힘들다.

뭔데?

책방 이모가, 원래는 이모가
아니라는 거.

?

원래는 삼촌이라는 거.

서은이는 잠시 아무 톡도 보내지 않다가 곧이어 전화를 걸어
왔다.

띠라리로 띠라리로. 아, 받아야 되나······.

"그게 뭔 소리야?"

"나도 몰라. 그런 걸 트랜스젠더라고 하나?"

"헉. 책방 이모가 성전환 수술을 했다는 거야?"

"수술을 했는지 어떤지는 정확히 모르겠는데, 어쨌든 남자로 태어났는데 지금은 여자로 살고 있다는 거지."

"너는 그걸 어떻게 알았어?"

"어쩌다 알게 됐어."

"어어, 생각해 보니 그런 것 같기도 하다. 그 이모가 추우나 더우나 목에 스카프를 잘 두르잖아. 그게 남자들 그거, 목울대 때문이었나."

"아아, 몰라."

"그래서, 충격받았어?"

"나하고 상관없는 일이라 생각해서 충격받을 것도 없다 싶었는데."

"그랬는데?"

"제이샘하고 저러고 있으니까 기분이 너무 안 좋은 거 있지."

"아, 알 거 같애."

"이모가 아니라 다른 여자였으면 어떨지 모르겠는데,"

"다른 여자였더라도 기분 나빴을 거야."

"그랬을까?"

그때 문밖에서 어떤 기척이 들렸다. 벌떡 일어나 방문을 열어 보니 오빠가 내 방 문 앞에 서 있다가 나를 보고 깜짝 놀라는데, 동공에는 지진이 일어나고 입술은 무슨 말을 할지 몰라 달싹거리며 안절부절못하고 있었다.

"어…… 그게 아니라…… 엄마가 순대 좀 사러 갔는데, 튀김도 먹을 건지 물어보라 그래서……."

그런데 이건 뭐, 튀김에 대해 물어보는 표정이 하나도 아니었다.

"들었어?"

오빠가 화들짝 놀라며 큰 소리로 대답한다.

"아니야!"

"들었구나?"

"아니, 나는, 그냥, 무슨 수술을 한다 그래서…… 근데 남잔데 여자로 산다는 게 무슨 소리야? 그러니까 책방 이모가……."

아아, 망했다.

다 망했다.

내가 다 망쳤다.

내가 원한 게 사실 이런 건가? 이거 혹시 내 무의식의 결과인가? 나도 모르게 사고 친 거 반, 고의로 터뜨린 거 반 아닌가?

식어빠진 진한 커피를 들이켠 것처럼 입맛이 엄청나게 씁쓸

하고 마음이 무너져 내리면서 기분이 너무 안 좋았다.

하지만 이때에도 아직 모든 게 펑 하고 터져 버린 건 아니었다. 망했다, 끝났다 생각했지만 이 정도는 그저 서막일 뿐이었다.

남은 건 절망과 눈물뿐

다음 날 아침. 나는 오빠 눈치를, 오빠는 내 눈치를 살피느라 어색하고 불편한 공기가 집 안에 꽉 찼다. 엄마는 어젯밤의 취미 생활로 우리가 집을 나설 때까지 계속 자고 있었다. 그런 날이면 나는 토스트를, 오빠는 사발면을 각자 알아서 챙겨 먹고 나갔는데 오늘은 골목 앞 편의점으로 가 나란히 앉았다.

"아침 안 먹어?"

오빠가 어색한 말투로 물었다.

"그냥 우유나 하나 마실까. ……오빠는 사발면 안 먹어?"

나도 어색하게 웃으면서 물었다.

"오늘은 별로 안 땡기네. 나도 우유나 마시지, 뭐."

그러더니 초코우유에다 삼각김밥까지 챙겨 오는 오빠.

"……오빠 ……이모 얘기는, 못 들은 걸로 해야 돼. 진짜야. 알지?"

"어, 그럼, 당연하지. ……근데, 정말이야? 이모가 사실은, 남자라는……?"

"……뭐, 그런 거 같아."

"후우, 넌 어떻게 알았어?"

"우연히 알게 됐어."

"그렇구나. 나도 그동안의 일들을 쭉 생각해 보니까 뭔가 그런 거 같더라고. ……어휴, 기분이 이상하다."

나도 정말 기분이 이상했다.

혼자 속으로 생각만 하던 때는 '뭐가 어찌 됐든 나에게 이모는 그냥 이모일 뿐이다'라고 생각했고 크게 다를 거 없다고 느꼈다. 제이쌤과 썸타는 걸 보면서 나쁜 생각도 했지만 그건 내가 살짝 정신이 나가서 그런 거였다. 질투 때문에, 어쩌면 열등감 때문에 제정신이 아니라서.

그런데 이제 이모에 대한 일을, 그러니까 남자가 어쩌구 여자가 어쩌구 하는 얘기를 입 밖으로 꺼내 다른 사람과 대화를 하고 있다. 내가 이 주제에 대해 누군가에게 떠벌리게 될 줄은 몰랐다. 나는 그러지 않을 줄 알았다. 난 그렇게 저질이 아니라고,

그 정도 인격은 갖춘 사람이라 생각했다. 그러고 보면 차라리 엄마가 나보다 훨씬 교양 있고 품위 있는 사람이었다. 엄마는 이모에 대해서 처음부터 모든 걸 알고 있었으면서도 그대로 받아들이고 넘어갔다.

문제는 또 있었다. 이렇게 입으로, 목소리를 내어, 그걸 또 내 귀로 들으며 다른 사람과 얘기를 하고 있으니 이모의 존재가 갑자기 매우 객관적으로 보인다고 할까? 이모에 대해 '좀 이상한 어떤 사람'이라는 느낌이 든 건 처음이다. 이런 내가 무섭다.

"남매가 아침부터 여기서 뭐해?"

한컵 떡볶이 이모랑 가위손 미장원 삼촌이 편의점 파라솔 옆에 서서 우리를 내려다보고 있었다. 같이 아침 수영교실을 마치고 돌아가는 길인 것 같다. 아침부터 한컵 이모라니.

한컵 이모하고 가위손 삼촌은 그다지 어울리는 조합이 아닌 것 같은데 은근히 친하게 붙어 다녔다. 하긴 한컵 이모는 동네에서 안 끼는 데가 없고 가위손 삼촌도 안 친한 사람이 없으니까.

가위손 삼촌은 우리 엄마나 한컵 이모보다 한참 어린 총각인데 조금 토실하고 배까지 살짝 나와서 아줌마 같은 몸매를 가졌다. 몸매만 아줌마 같은 게 아니라 실제로 나이 많고 시끄러운 아줌마들과 쿵짝이 잘 맞는 성격이라 미장원에서도 일을 하는 게 아니고 수다 떨며 놀고 있는 것 같았다.

하지만 은근히 입이 무거워서 남의 흉이나 뒷담화 같은 건 하지 않는 훌륭한 인성을 지녔다. 명랑했지만 자기 얘기를 늘어놓는 사람도 아니었다. 미장원 한쪽 벽에 자격증이랑 영업 허가증을 넣은 액자가 붙어 있었는데, 거기에 주민번호뿐 아니라 이름까지 시커멓게 칠을 해서 가려 두었다. 그래서 사람들은 삼촌 본명이 박광팔이나 정자왕 같은 게 아니냐며 장난을 치다가 이제는 그냥 '가위손'이라고 불렀다. 유쾌하고 재미있는 우리 동네예능인 가위손 삼촌은 솜씨가 좋아서 아줌마들 머리 볶는 틈틈이 군것질거리도 볶고 굽고 쪄서 온 동네 사람들과 나눠 먹곤했다. 가위손 미장원은 우리 동네 사랑방 같은 곳이었고, 가위손삼촌은 우리 동네 슈퍼맨, 오지랖 천사였다.

"아침 먹고 가려고요."

대충 웃음으로 넘기면 될 것을 오빠가 굳이 어리바리한 표정으로 대답했다.

"왜 여기서 아침을 먹어?"

"엄마 어제 또 술 폈구나. 아유."

가위손 삼촌은 조금 안쓰러운 표정이었지만 한컵 이모는 먹잇감을 찾아낸 하이에나 같은 눈빛으로 우리를 바라봤다. 나쁜

사람은 아니지만 입이 가볍고 남의 뒷담화를 좋아하는 특징이
있으니 조심하는 게 낫다.

"늦었다. 저희 가 볼게요."

나는 오빠를 끌어당겨 학교 쪽으로 부지런히 걸어가면서 조
그맣게 말했다.

"난 한컵 이모, 진짜 싫어."

그러나 순백의 영혼을 가진 조수호 형제님은 말씀하셨다.

"그래도 한컵 이모가 엄마 베프 아니냐."

"맨날 찾아와서 남의 흉 전달하는 게 베프야?"

바보 같은 베프 타령을 하더니 결국 오빠가 그놈의 베프 때문
에 상황을 더 나쁘게 만들었다. 어찌 보면 다 내 책임이고 당연
한 결과지만.

며칠 뒤 점심을 먹고 과자를 사려고 매점에 갔는데 옆에서 어
떤 얘기가 들려왔다.

"그 책방 주인 있잖아. 키 크고, 조용한."

"정말이야?"

"진짜래. 그 말 듣고 가만히 생각해 보니까 정말 쫌 그렇더라
고, 느낌이."

"어, 그러고 보니 뭔가 쫌 그런 거 같다. 어우, 웬일이야."

깜짝 놀랐지만 차분하게 고개를 돌려 말하는 애들이 누군지 확인했다. 여자애 둘이었는데 명찰 색깔을 보니 3학년이었다. 역시 오빠가 일을 저지른 건가?

여태까지 살면서 집이 아닌 곳에서 굳이 오빠를 만나고 싶어 이렇게 애타게 찾아다닌 적은 없었다. 나는 복도를 뛰어 계단을 두 칸씩 올라 3학년 교실로 달려갔다. 오빠가 몇 반인지 기억이 안 나 여기저기 기웃대고 있는데 복도 끄트머리에서 할 일 없이 몸을 건들대고 있는 오빠가 보였다.

"조수호!"

오빠보다도 먼저 동운 오빠가 고개를 돌려 나를 봤다.

동운 오빠가 오빠를 툭, 툭, 치며 뭐라고 하더니 슬그머니 교실로 들어가려는데, 오빠는 동운 오빠의 교복 재킷을 붙들고 못 가게 잡아끌고 있었다. '친구야, 살려 줘'라고 하는 것 같았다. 그러거나 말거나 내가 상대해야 할 인물은 온리 조수호. 나는 황동운을 교실 쪽으로 떠밀어 버리고는 조수호의 넥타이를 틀어쥐고 구석으로 끌고 가 볼륨을 최대한 낮춰 말했다.

"도대체 천지 분간이 안 되니? 아무리 철이 없어도 그렇지. 이게 막 떠들고 다녀도 되는 일 같아?"

"아니, 그게 아니고, 난 동운이한테만 말했는데, 동운이 저 새

끼가 민규라고 중학교 때 셋이 같이 놀던 놈이 있거든, 걔한테 얘기해가지고, 왜냐면 민규가 되게 멀리 이사를 갔어, 그래서 괜찮을 줄 알았대, 아 근데, 민규가 또 이 동네 사는 어떤 새끼하고 톡을 했나 봐. 아, 진짜."

"됐고. 이제 어쩔 거야?"

"내가 다 수습할게. 아니라고 얘기하고 다닐게."

"아, 시끄러워. 그게 말이 되니, 지금?"

"잘못 안 거였다고, 헛소문이었다고 하면 애들도 그런 줄 알 거야."

자기도 사태의 심각성을 알기는 아는지 겁에 질린 표정으로 웅얼웅얼 얘기하는 오빠를 보니 이런 인간을 다그쳐 봐야 무슨 소용이 있을까 싶어 힘이 빠졌다.

수업 끝나고 집에 가려는데 이번엔 방송반에 갔던 서은이가 달려왔다. 내 손을 잡고 한쪽으로 끌고 가더니 조용히 입을 열었다.

"수아야. 책방 이모 얘기……."

"으아. 어디서 들었어?"

"방송반 선배한테."

"아."

"어떻게 된 거야?"

"몰라. 아, 어떡하지? 아, 미치겠네."

"……나 방송반 가는데, 기다릴 거야? 집에 갈래?"

"그냥 스르르 사라지고 싶다."

하지만 소문은 스르르 사라지지 않고 학교 담장을 넘어 길 건 너 한컵 떡볶이집까지 빠르게 흘러갔다.

"어머, 어머, 니들 지금 누구 얘기하는 거야?"

여학생들은 떡볶이 만드는 데에 집중하지 않고 국자를 든 채 테이블로 쫓아와 핫뉴스를 낚아채려는 한컵 이모가 그다지 마 음에 들진 않았다. 하지만 워낙 놀랄 얘기인데다가 어른이 무얼 묻는데 대꾸를 않는 것도 좋은 태도는 아니라 생각하여 들은 대 로, 조금씩 양념을 쳐 가며 성실히 전달했다. 한컵 이모 귀에까 지 들어갔으니 그다음엔 확성기를 틀지 않아도 온 동네에 퍼질 테고.

이젠 도저히 어쩔 수 없다. 일단 자진납세부터 해야 한다.

"엄마."

문방구 한쪽 구석에 평상처럼 만들어 놓은 자리에 올라앉아 손바닥만 한 티비로 드라마를 보고 있던 엄마가 나를 보더니 깜 짝 놀란다. 초딩 때 말고는 학교 끝나고 곧장 문방구로 엄마를 찾아온 적은 없었으니까.

"옴마야, 여기는 우짠 일이세요, 흐흐."

"엄마……."

"응."

"……."

"와? 뭔 일 있어?"

"연우 이모……."

"이모가 와."

"이모…… 원래 남자라는 거……."

"뭐? 니, 니, 그거 우예 알았노?"

"어, 그게…… 저번에, 우연히 들었는데……."

"어쩐지. 니 요새 낌새가 쫌 이상타 했다, 내가. 옴마야."

"근데…… 내가 실수로, 오빠가 알게 돼서, 근데 오빠가 또 누구한테 말을 해서……."

"뭐시라?"

"그래서, 소문이 좀 퍼진 거 같아요."

"옴마야, 우짜면 좋노."

엄마는 진짜 나라 잃은 백성 같은 표정으로 멍하니 앞을 보고 있다가 갑자기 정신을 차리고 다시 나를 바라봤다.

"그래서 지금 누가 누가 아는데?"

"학교 애들 쫌 알고…… 한컵 이모도 아는 거 같은데……."

"누구? 한컵?"

그냥 '한컵'이 아니었다. '한커어어업?'이라고 엄마는 발음했다.

"아이고마야."

엄마가 고개를 떨구고 한숨을 쉬다가 핸드폰을 찾아 전화를 걸었다. 이모에게 거는 것 같았다.

"야는 와 또 전화를 안 받아? 야야, 내 책방에 잠깐 가 볼 테니까 니는 찍소리 말고 있어. 이거, 잘못하면 연우 죽어."

세상 겁날 거 없다는 투로 살아가는 엄마가 정말 놀란 얼굴로 이모에게 달려가는 걸 보니 내가 얼마나 심각한 사고를 쳤는지 그제야 실감이 되면서 새삼 가슴이 덜덜 떨렸다.

그런데 엄마가 부랴부랴 문방구를 나선 지 1분도 지나지 않아 문제의 '한커어어업' 이모가 태풍처럼 문을 박차고 들어섰다.

"얘, 수아야. 엄마 어디 갔니?"

"어어, 잠깐……."

"너두 책방 얘기 들었지?"

"네?"

"아우, 책방 주인 말이야, 트랜스젠더래. 어머어머, 너무 징그럽지 않니? 가위손이랑 같이 가서 제대로 따져 물을라 그랬는데, 아유, 가위손도 사람이 물러 터져서 사생활인데 그냥 냅두라는 거 있지? 얘, 이게 그냥 개인 사생활이니? 애들한테 얼마나 나쁜 영향을 주겠니? 어우, 너네 옥탑, 거기 방도 빼라고 엄마한테 말해 줄라구 왔어, 내가. 너도 친하게 지내지 말어. 아유, 정말 웬일이니. 전에 내가 책방에 찾아갔는데 대꾸도 별로 안 하고 고상한 척만 하더니, 흥."

눈은 활활 불타오르고 아귀처럼 입을 쩍쩍 벌려 대며 목청을 높이는 한컵 이모의 얼굴이 제일 징그러웠지만, 한컵 이모는 그걸 아는지 모르는지 온몸을 부르르 떠는 시늉까지 해 가며 야단이었다.

한컵 이모가 한바탕 휘젓고 나가니 조용한 문방구 안에서 갑자기 귀가 멍해졌다. 값을 정확히 몰라 돈은 나중에 갖다 달라고 하면서 물건 몇 개를 팔고 났더니 엄마가 왔다.

"이모 만났어?"

"아이고, 모르겠다. 며칠 책방 문 닫고 어데 가서 좀 쉬는 게 어떻겠냐 캤는데, 에휴."

"싫대?"

"몰라. 지도 멘붕이겠지."

"이모는 책방에 있어?"

"응. 벽 보고 앉아서 명상을 하는 건지 뭔지. 에이휴."

나는 슬그머니 나와서 책방 앞까지 걸어갔다. 들어가지는 않고 톡만 보내볼까, 그냥 들어가서 부딪쳐 볼까, 망설이다가 일단 들어가 보기로 했다.

서늘하고 조용한 책방 안, 늘 흐르던 음악도 없고 손님도 없고 아무 소리도 없었다. 이모는 카운터 옆에 앉아 가만히 앞을 보고 있었다.

"이모."

나를 바라보는 이모 눈빛이 서늘한 가을 새벽처럼 조금 어둡고 약간 쓸쓸했다.

"이모, 미안해요. 내가 잘못했어……."

"……뭐가 네 잘못이야…… 아니야."

"아니야. 다 나 때문이야. 정말 미안해."

"네가 나한테 미안할 게 뭐 있어, 수아야. 아니야."

이모가 하도 차분하게 말을 해서 나는 오히려 좀 무서워졌다. 그래서 아무 말이나 되는대로 막 꺼냈다.

"이런 건 초반 여론이 중요해, 이모. 뭐, 한컵 아줌마처럼 못된 말 하고 다니는 사람도 있지만 그런 사람은 신경 쓰지 마. 수호 오빠가 좀 멍청하지만 내가 시켜서 오빠도 도우라 하고, 서은이랑 내가 학교 애들이나 사람들 만나서 잘 얘기하고 수습할게. 이모 이상한 소리 듣지 않게 우리가 도와줄게, 이모."

"수아야."

이모가 자리에서 일어나 내 앞에 다가오더니 나를 똑바로 보며 말했다.

"그동안 너한테 분명하게 말해 주지 못해서 미안했어. 나는 동성애자나 게이가 아니라 트랜스젠더야. 나의 성정체성과 내가 느끼는 성정체성이 불일치하는 사람인데, 그러니까 타고난 성별은 남자인데 내가 생각하기에 나는 분명히 여자였던 거지. 이런 게 사람들이 말하는 정신병자, 변태인지는 모르겠지만 나는 누구에게도 피해 주지 않고 그저 나 혼자 힘들어하면서 살아왔을 뿐이야. 나 자신도 속이고 남도 속이면서 그냥 적당히 타협해서 살고 싶은 마음도 있었어. 그런데 그렇게 사는 게 행복하지가 않아서, 오래 망설이고 두려웠지만 용기를 내 진정한 나 자신으로 살기로 한 거야. 이게 진짜 나니까 나 자신을 인정하고 받아들이기로 한 거지. 다른 사람들도 나를 인정해 줬으면 좋겠지만 쉽지 않다는 걸 알고 있어…… 아무튼, 어떤 길을 갈지 내가 정했으니까 일단 나 혼자 감당해 볼게."

이모가 조금 떨리는 목소리로, 하지만 차분하게 또박또박 말했다. 그러더니 내 어깨에 손을 올려 다독여 줬는데 그게 '됐으니 이만 나가 달라'는 뜻으로 느껴져 나는 고개를 떨어뜨리고 주춤주춤 책방을 나왔다. 뒤에서 이모가 책방 문을 꾹 닫는 게 느껴졌다. 일을 저지르고 나서 처음으로 눈물이 나왔다.

책방 일기

조그만 인형이 끄트머리에서 달랑달랑 흔들리는 귀여운 볼펜으로 이 글을 쓰고 있다. 선물로 받은 건데, 이걸 받는 순간 어디선가 밝고 예쁜 조명이 탁 켜지며 나를 비추는 듯한 느낌을 받았었다. 이제는 꺼지고 산산조각 나 버린 조명이지만.

며칠째 잠을 제대로 자지 못하고 있다. 수면제를 바꿔야 할 것 같다. 약을 먹고 누워도 계속 이런저런 생각들이 떠오른다. 혼자서 아무리 생각해 봐야 내 현실을 요만큼도 달라지게 할 수 없는, 그야말로 쓸데없는 생각들.

얼마 전에 언니한테서 전화가 왔다. 그날 처음으로 큰소리를 지르며 하고 싶은 말을 막 했다. 우아하신 박성희 교수님이 화들짝 놀라 전화를 끊어 버리기에 다시 전화를 걸어 더 크게 소리 질렀다. "왜 전화를 예의도 없이 그냥 끊어 버려? 아직 난 끊지도 않았는데 왜 먼저 그냥 끊어?" 그러고는 내가 먼저 전화를 확 끊어 버렸다. 혹시 다시 전화가 올까 잠깐 기다려봤지만 역시나 박성희는 전화를 하지 않았다.

박성희는 나한테 전화하고 싶지 않았는데 엄마 때문에 어쩔 수 없이 전화를 한 거였다. 엄마는 아버지 때문에 나한테 전화

160

도 마음대로 하지 못하니까 언니한테 부탁을 했겠지. 내키지 않아 하는 박성희한테 훌쩍훌쩍 울면서, 동생한테 연락 한번 해보라고.

그즈음 내가 여러 가지로 컨디션도 좋고 희망이 차오르고 있었던 때라 너그럽고 호탕하게 '내가 찾아가겠다, 내가 갈 수 있다'고 했다. 이제는 우리가 모두 다른 별에서 온 사람들처럼 이해하기 어려운 부분이 있다는 걸 서로 알고 있으리라 생각했다. 하지만 그건 나의 착각이었다. 방심하고 있다가 가족이라는 사람에게서 다시 한번 크게 얻어맞았다. 그리고 나는 늘 그래 왔듯 꿀꺽 삼켰으면 됐을 말들을 그날은 다 터뜨려 버렸다. 더 이상 참고 싶지 않다는 마음이 들었다. 덕분에 엄마를 만날 기회도 날아가 버렸지만.

가족이 제일 나쁘다, 가족이 더 나를 이해 못 한다, 남보다 못하다…… 그렇게 생각했는데, 동네에서 일이 터지니까 이건 뭐, 아예 숨을 쉬기도 어려운 지경이 되었다.

어제까지는 그런대로 같은 상가에서 오며가며 인사도 하던 사이였는데 갑자기 돌변해서 무서운 얼굴들을 하고 있다. 아이들에게 나쁜 영향을 준다며 욕을 해댄다. 무슨 말을 해도 입을 꼭 다물고 아무 소리 안 하고 있으니 한참을 노려보다가 그냥 돌아간다. 다음 날에는 대자보가 책방 문에 붙어 있다. '더럽고 문란한 변태. 염치가 있으면 어린애들 눈에 띄지 않는 곳으로 꺼져라. 부끄럽지 않다면 왜 진작 밝히지 않았나. 아무렇지 않은 척하지만 너도 네가 괴물인 걸 알고 있잖아. 한동네에 살고 있다는 게 불결하고 소름끼친다. 조용하고 행복한 우리 동네를 오염시키지 말고 꺼져라.' 뭐, 그런 내용.

지금 내가 선택할 수 있는 카드는 두 가지다. 먼 곳으로 도망치거나 아니면 여기 이 자리에서 죽은 듯이 엎드려 있는 것. 지금 당장 살기 위해 다른 곳으로 갔다가 또다시 이런 일이 생기면? 그럼 또 떠나야 하나? 영원히 도망자로 떠돌아 다녀야 하나? 내가 왜? 내가 뭘 그렇게 잘못했지?

이곳에서 버티면서 살아낼 수 있을까? 그러고 싶지만 자신이 없다.

변하지 않고 울타리가 되어 주는 의순 언니가 있지만, 이제 나의 존재는 의순 언니와 수아 수호에게도 해를 끼치고 있다. 나 같은 인간하고 가깝게 지내서 격이 올라갈 일은 없으니까. 그저 멀리 하는 거, 모른 채 살아가는 게 좋은 거니까.

나는 존재 자체가 문제인 것 같다. 나라는 사람이 존재한다는 것을 모두가 부정하고 있다. 이건 어려서 부모님께 사랑받지 못

했다거나 하는 것과는 차원이 다른 얘기다. LGBT 카페에 가서 보면 자기는 어려서 부모님 사랑 듬뿍 받고 자랐고 지금도 부모님이 자신을 있는 그대로 인정해 준다는 사람이 있다. 나로선 눈물 나게 부러운 사람이다. 그런 사람들도 우리 사회 안에서 자신의 존재를 있는 그대로 인정받기란 피눈물 나게 어려운 일이고, 바뀌지 않는 현실 앞에서 공포를 느낀다고 했다. 그래도 그런 사람은 마지막에는 돌아갈 곳이 있는데, 나에게는 바로 그 최후의 보루가 없다. 그러니 이건 뭐, 죽으라는 얘기군.

죽고 싶어서 자꾸 죽는다는 얘기를 하는 게 아니다. 난 죽기 싫어. 살고 싶어요. 그런데 어떻게 살지? 다들 나보고 죽으라고 하는데. 나는 가만히 나 자신으로 살아갈 뿐인데, 같이 살기 싫다고, 징그럽다고, 끔찍하다고 야단들이다. 그러니 어떻게 해요. 그래서 나는 지금 혼자 술 마시면서 일기 쓰면서 생각하고 있다. 나는 어떻게 할까. 죽을까, 살까. 어느 쪽이 좋을까. 이기는 쪽 마음대로, 가위바위보.

너의 상처로 나의 상처를 덮는 것

아빠가 3년 만에 동네에 나타나 캐롤라인 사진을 꺼내들었던 사건 이후로 다시 한번 온 동네에 태풍이 몰아쳐 우르릉 쾅쾅 휘잉휘잉 난리가 났다.

여기서 잠시, 아빠 얘기가 나온 김에 짚고 가면, 아빠에게 가 보고 싶다는 편지를 부친 게 1학기 기말고사도 보기 전이다. 그런데 여름방학 다 지나고 2학기가 시작된 지도 한참인 지금까지 아빠는 아무 답이 없다. 한번 오라고 얘기했던 건 아무래도 그야말로 한번 해 본 말일 뿐인가 보다. 언제 밥 한번 같이 먹어요, 흔하게 하는 어른들 사이의 인사말 같은 것. 그것도 모르고 덥석 좋다며, 가겠다고 연락을 하다니 나도 순진하지. 아마 아빠는 좀 당황해서, 아니면 픽 코웃음 한번 치고는 내 편지를 치워 버렸나 보다. 나도 상관없다. 지금 그런 데에 놀러갈 만큼 한가

한 상황도 아니다. 연락을 기다리고 있었던 것도 아니고 그래서 서운하지도 않다. 정말 아무렇지도 않은데 아빠 얘기를 하게 되어 문득 생각이 나서 말해 보는 거다. 그것뿐이다.

이모는 '그냥' 지내고 있다. 적어도 겉으로 보기엔 그랬다.

하루는 아침에 나와 보니 밤사이 누군가 책방 대문에 '아이들 보기가 부끄럽지도 않으냐'라는 제목의 대자보를 붙이고 갔다. 이모가 조용히 떼어 버리니 이틀 뒤에 몰래 와서 다시 붙였다. 이번에는 엄마가 동네에 다 들리게 욕을 하면서 떼어 버렸다. "이거 이거, 영업 방해야. 할 말 있으면 직접 와서 하지 뭘 여다 이런 걸 붙이고 가. 애들 보기 부끄럽지 않냐고? 하이고, 너나 잘하세요. 씨부럴." 그다음엔 문 앞에다 음식물 쓰레기를 던지고 유리창에다 씹던 껌을 쫙, 쫙 펼쳐 붙이고 갔다. 껌 한 통을 다 털어 넣고 씹었는지 조각이 이따만큼 커다랬는데 이거 씹느라고 턱깨나 아팠을 것 같다는 생각이 들었다.

용감무식하게 쳐들어와서는 죄도 없는 책들이나 툭, 툭, 치고 떨어뜨리면서 시비를 거는 사람도 있었다. 늙수그레한 아저씨였는데 해병대 마크가 붙은 점퍼를 입고 선글라스를 끼고 와서는 "당신 말이야, 엉? 여기서 뭐 하는 거야? 엉? 동방예의지국에서 말이야, 엉?"을 외치다가 이모가 아무 반응이 없자 "에잇, 카악, 퉤" 가래침을 뱉고 나갔다. 동방예의지국에서 그렇게 아무 데나 침을 뱉나.

우쿨렐레 모임 전날 밤에 멤버들에게 일일이 전화해서, 정작 자신은 모임의 멤버도 아닌데 열심히 연락처를 알아내어, 절대로 책방에 가선 안 된다며, 지금 아무도 안 가기로 했으니 너도 가지 말라며, 모임 해체를 위해 노력한 사람도 있었다.

우리 동네에 이렇게나 열정적이고 부지런하신 분들이 많은 줄 이번에 처음 알았다.

그래도 이모는 아무렇지도 않은 것 같아 보였다. 아무렇지도 않은 거 '절대' 아니겠지만 어떠한 반응도 드러내지 않고 '아무것도 안 들리고, 안 보이고, 아무 말도 못하는' 사람처럼 지냈다. 그런 이모의 멘탈이 대단하다며 혀를 내두르는 사람도 많았다.

길을 막고 서서 숙덕대며 눈총을 쏘는 사람들을 지나쳐 이모는 변함없이 서점으로 출근했다. 고개를 꼿꼿이 세우고 걸어가다가 쳐다보는 사람들에게 눈으로만 살짝 인사를 하고, 서점 문을 열고 들어가 청소를 하고 커피를 내리고 음악을 틀고 온종일 책을 읽었다. 그러다 저녁이 되면 읽던 책을 덮어 놓고 불을 끄고 문을 닫고 퇴근했다. 방학에는 원래 손님이 많이 없는 편인데 이번에는 더 심했다. 그래도 이모는 평소와 똑같이 꼬박꼬박 책방에 출퇴근하며, 하루라도 빼먹으면 큰일 나는 의식을 치르듯, 사명감을 가지고 나아가고 있었다.

"가가 자존심이 보통이 아니라 버티고 있는데, 그래도 얼매나 힘들겠노? 속이 속이 아닐 끼다. 이 도시락 좀 갖다 주래이. 밥은 묵어야제."

엄마 심부름으로 도시락을 들고 쭈뼛쭈뼛 들어섰던 날, 의외로 이모가 아무렇지 않은 얼굴로 맞아 주어 마음이 좀 놓였다. 그다음 날부터는 자연스럽게 매일매일 책방에 갔다. 손님도 거의 없어 둘이만 있는 때가 많았는데 따로따로 앉아서 각자 책을 읽었다. 책방에서는 아무 대화 없이 있어도 불편하지 않고 괜찮았다. 오히려 아주 예전, 노틀담 아저씨가 책방 주인으로 있던 시절, 책방을 나의 안식처로 여기며 웅크리고 앉아 만화책만 보던 시절로 돌아간 것 같아 좋기도 했다.

아이들 사이에서도 한동안 책방 이모 사건은 핫뉴스였다. 반장 혼자 학급 소식이나 전하던 반 톡방에서도 이모 얘기로 뜨거웠다.

> 엄마한테 들었는데 동네 사람들이
> 솔 책방 폐쇄하라고 시위할 거라고.

엥? 그건 쫌 오바네.

내 취향은 아니지만 남의 인생에 대해
옳다 그르다 할 순 없는 거 아니야?

그럼 넌 게이가 달려들어도 좋단 말이냐? 우웩.

동성애자 되는 거, 그거 다 어릴 때
트라우마 때문이래.

트라우마는 무슨. 솔까 어릴 때
트라우마 없는 사람 있음?

나도 유치원 때 사람들이 여자냐 그래서
울고 그랬던 거 기억남.

니 얼굴이 어딜 봐서 여자냐? ㅋㅋ

다큐에서 봤는데, 이건 타고나는 거라서
치료할 수 있는 게 아니라더라?

아닌데. 우리 누나가 전에 교회에서, 동성애의 죄악에서
벗어났다는 간증 들은 적 있다는데.

야, 임지뿡, 너 책방 아줌마 멋있다
그랬잖아. 이젠 어떠냐? ㅋㅋ

됐어, 난 이제 무서워서 솔 책방 안 감.

168

책방 아줌마가 하리수인가 뭔가 하는
연예인 같은 거야?

하리수가 누구야?

검색해 봐. 원래 남자였다는데 겁나 예뻐.

하리수하곤 얼굴이 많이 달라 보이는데?

2반 김예원도 사실 남잔데
여자인 척하는 거 아닌지 알아봐야 됨.

ㅋㅋㅋ 걘 진짜 남자임. 걔 다리가
그게 여자 다리냐. 힘도 천하장사급.

너네 이런 식으로 혐오하는 말 하는 거,
이런 것도 다 폭력이야.

야야, 또 페미니즘 여전사 나셨다. 우어우어.

혹시 내가 여전히 책방에 드나들고, 이모와 특별히 친한 걸 두고 누군가 무슨 말을 할까 겁이 나서 아무 소리 못 하고 가만히 지켜보고 있었다. 다행히 내 얘기는 안 나왔고, 연우 이모가 그동안 애들한테 잘 대해 줬던 덕분인지 너무 심하게 나쁜 얘기도 없었다. 그러다가 다들 학원이나 연예인 덕질로 바빠 아이들 사이에서는 이모 뉴스가 시들해졌다.

서은이나 상희는 나름의 스타일로 이모를 응원해 주었다.

상희는 엄마의 공부 닦달 때문에 바쁘기도 하고, 워낙 이모하고 많이 친한 건 아니어서 여전히 그렇게 지냈다. (여기서 잠깐. 상희는 내가 제이샘 좋아한다는 걸 알게 되어 한동안 실망하고 풀죽어 있다가 얼마 전에 이렇게 말했다. "내가 생각해 봤더니 제이샘보다는 나한테 훨씬 가능성이 많더라고. 그래서 난 기다리기만 할려고." 누구를, 뭘 기다린다는 건지. 어쨌든 다시 상희와 편한 친구가 되어 나는 좋다.) 서은이는 오히려 전보다 자주 책방에 들렀다. 나랑 수다를 떨다가 커피 머신에서 라떼를 뽑아 텀블러에 담아서 수학 학원에 가는 날도 많았다. 서은이가 학원에 가고 나면 이모와 나는 별 말 없이 각자 핸드폰 게임을 하거나 책을 읽었다.

하루는 김밥을 사 와서 같이 먹고 있는데 이모가 조용히 내 이름을 불렀다.

"수아야……."

그러더니 젓가락으로 김밥에 붙은 깨를 한 알씩 떼어 먹으면서 다음 말이 없었다.

"왜?"

"고마워."

"뭐가?"

"그냥…… 이렇게 밥도 같이 먹고 그러는 거."

갑자기 눈물이 나올 것 같아 나도 김밥에 깨가 몇 개나 붙어 있는지 헤아려 봤다.

이모는 나에게 고맙다고 했는데 나는 이모에게 미안하다는 말을 못 하고 김밥만 우물우물 씹었다. 그러면서 괜스레 눈을 돌려 책방 안 이쪽저쪽을 바라봤다.

생기와 영감으로 반짝이던 책방이 적막하고 우울한 공기만 가득한 곳으로 변해 있었다. 멋진 향기와 우아한 기운을 내뿜던 책방 사장님이었는데 이제 눈은 충혈되고 피부는 꺼칠한 이모가 되었고, 이게 다 나 때문인데, 그런데도 이모가 나에게 고맙다고 하다니.

가슴이 먹먹하고 답답해서 몰래 고개를 돌려 한숨을 쉬는데, 아주머니 하나가 밝은 얼굴로 책방 문을 열고 들어서는 게 보였다.

요즘 책방에 오는 손님은, 그냥 별 생각 없이 필요한 책이 있으니 사러 온다는 식의 무심한 사람이거나 책을 사는 척하며 이모를 구경하려는 사람, 둘 중 하나가 대부분이었다. 그런데 이 아줌마는 가식적인 미소를 연출하며 다가와서는, 오히려 나를 향해 맘에 안 든다는 눈빛을 쏘다가 다시 이모를 향해서는 자애로운 표정을 짓는 게 느낌이 영 이상했다.

"이쪽이 봉수동 솔 책방 사장님, 맞죠? 학생은 누구지?"

봉수동 솔 책방에 들어와서는 '봉수동 솔 책방 사장님 맞는지' 물어보면서 같이 밥 먹는 사람까지 확인하는 건 무슨 시추에이션인지?

"누구세요?"

"네에, 저는 우연히 봉수동 솔 책방 얘기를 듣고 관심 있어서 찾아온 사람이에요. 저는 동성애자가 아니지만, 우리 사회가 소수자를 보호해야 된다고 생각하고 차별에 반대한답니다. 저는 성소수자는 아니지만, 우리 사회가 자기와 다른 삶을 사는 사람을 배척해서는 안 된다고 생각하거든요. 좌절하지 마시라는 말씀 드리려고 왔어요."

뭐지? 힘내라고, 응원해 주려고 찾아왔다는 건가?

이모가 무덤덤한 얼굴로 감사하다고 짧게 인사했다. 그러자 그 아줌마는 조금 당황한 듯, 어쩌면 조금 아쉬운 듯 '크음' 하고 헛기침을 하며 입을 실룩였다. 이모가 눈물이라도 글썽이며 손이라도 덥석 잡을 거라 마음의 준비를 하고 왔는데 예상 밖으로 밋밋한 반응을 보여 살짝 서운한 것 같기도 했다.

아줌마는 책에는 전혀 관심이 없어 보였는데 나가지는 않고 주춤거리며 비슷한 얘기를 한참 더 이어 나갔다.

"우리 사회가 아직 너무 편협해요. 선진국은 이러지 않거든요. 저는 성소수자가 아니라 일반적인 사람이지만, 세상에 다양한 사람이 있다는 걸 인정해 줘야 된다고 생각해요."

옳은 소리가 많았지만 말을 할 때마다 '나는 동성애자가 아니지만', '나는 일반적인 사람이지만' 하는 걸 빼먹지 않고 덧붙이는 게 거슬렸다. 혹시라도 자신을 일반적인 사람이 아니라고 오해할까 봐, 자기를 '너나 나나 다 같은 성소수자'라고 생각할까 봐, 그렇지는 않다는 걸 열심히 밝히고 있었다.

"우리가 모여서 힘을 키워야 돼요. 어려운 일 있으면 연락 주시고요, 후원도 좀 부탁드립니다."

'확실히 일반적인 사람이고 절대로 소수자는 아니지만 일반적이지 않은 소수자들에게도 사랑과 도움을 베풀고자 하는' 아줌마는 이모 손에 명함을 쥐여 주고서야 서점을 나갔다.

차별 없는 세상, 다양성을 인정하는 세상, '차세다세'

후원금 계좌 : xxxx-xxxx-xxxx

헐. 욕이 튀어나오려는 걸 겨우 참았다. 어이가 없었지만 이모가 아무 내색하지 않고 명함을 챙겨 넣기에 가만히 있다가 다음 날 서은이, 상희 앞에서 차세다세 아줌마 얘기를 하며 길길이 뛰었다.

"진짜 완전 웃기지 않니? 자기는 성소수자가 아니라는 말을 백 번쯤 하더라니까. 누가 그런 거에 관심 있대? 어이가 없어서, 정말."

"그러네. 웃기네."

내 말이라면 무조건 동의하고 보는 상희가 대답했다. 그런데 서은이가 무언가 생각에 빠진 듯 고개를 갸웃하고 있다가 말을 꺼냈다.

"하지만 적어도 그 아줌마는 남에게 대접받고 싶은 대로 남을 대접하고 있지 않아? 난 그 부분에서 괜찮다고 생각하는데."

"대접받고 싶은 대로 대접한다고?"

"지금 이모를 욕하고 꺼지라고 하는 사람들은 이모가 뭔가 낯선 존재라는 거에 대해 거부감을 느끼고 있는 거잖아? 인간은 모두 어떤 부분에선 남과 다른 독특한 모습이 있는데, 그게 좀 유별나다고 해서 비정상이라 할 수는 없는 건데 말이지. 자기 자신의 고유하고 새로운 특징에 대해선 이해받고 존중받기를 원하면서 남이 그런 모습을 보이면 경계하고 외면하고 말이야. 그 아줌마는 그렇게 하지 않으려고 노력한다는 점을 난 인정해 주고 싶은데. 의도가 아주 순수한 건 아니지만."

"그러네. 맞네."

이번에도 상희의 즉각적인 인정. 어쩜 나는 생각이라는 게 이다지도 단세포같이 돌아가는지, 미안하고 부끄러워서 입도 벙긋 못 하고 찌그러질 수밖에.

하지만 서은이도 뜻밖에 부모님에게서 상처를 입고 밤에 나에게 전화를 걸어 왔다.

"나 완전 실망해서 눈물 나."

서은이가 우는 건 본 적이 없는데 진짜로 좀 울고 있는지 코를 훌쩍거렸다.

"저녁 먹으면서 엄마 아빠랑 책방 이모 얘기 하게 됐거든."

알다시피 서은이 아빠 작가님은 워낙 자유로운 분이고, 서은이 엄마는 얌전하고 선량한 사람이다. 동네에서 이상한 집 딸이라고 손가락질하는 내게도 편견 없이 대해 주시고. 그런데 그런 두 분이 서은이에게 책방에 너무 자주 가지 말고, 책방 이모 일에 대해 편들면서 끼어들지 말라고 하셨단다.

"너네 부모님이? 정말?"

"응. 책방 이모가 성소수자라서 차별하고 혐오하는 건 아니지만 솔직히 내 자식이 그런 부류와 가까이 하는 건 별로라는 거지."

"이건 좀 예상 밖이네. 난 오히려 응원해 주실 줄 알았는데."

"그니까. 나도 그럴 줄 알았는데. 아빠가 뭐랬는지 알아? 이모 같은 사람은 아직 우리나라에선 살 수가 없대. 우리나라에서 군대 갔다 온 남자라면 동성애자 얘기에 호의적일 수가 없다나."

"그런가……."

"글 쓸 때는 세상에서 제일 정의롭고 열려 있는 사람인 척하더니만. 사회적 약자에 대한 글 쓴 적도 많거든. 그래 놓고 정작 내 새끼는 그냥 강자고 기득권이길 바라는 거지. 위선적이야."

서은이가 너무 화를 내서 무슨 말을 하면 좋을지 어려웠다. 그러면서도 한편으로는 '위선적이든 뭐든, 내 딸이 제일 소중하고, 내 딸은 예쁜 꽃길만 걷기를 바라는' 서은이 부모님 마음이 이해도 되고, 그런 엄마 아빠를 둔 서은이가 역시 부럽기도 했다.

하지만 나 역시 곧 뜻밖의 인물에게 뜻밖의 상처를 받았다.

2학기 개학 첫날. 방학 동안 뒤숭숭한 일이 많아 차라리 개학이 반가웠다. 한동안 제이샘 얼굴도 못 보고 궁금했는데, 휴가라도 다녀오셨는지 살짝 탄 것 같은 모습으로 나타나셨다. 방학 동안 잘 지냈나 물으시며 아이들을 둘러보다가 갑자기 나를 보더니 연우 이모 얘기를 꺼내며 빙글빙글 웃어 댔다.

"조수아. 너네 책방 이모님은 잘 계시나? 잠깐, 이거 호칭을 뭐라 해야 할지 애매하네. 이모가 아니라 삼촌이라 해야 되는 거 아닌가. 아이고, 어렵다, 하하. 그런데 너네 오빠 조수호 말이야. 조수호도 그분하고 친한가? 걔는 너무 가깝게 지내지 않는 게 좋을 것 같은데. 내가 조수호 여장한 사진을 봤는데 말이야, 이거 이거, 안 좋은 영향을 받을 수가 있겠더라고. 내가 우리 조수호 좀 알잖아. 착하긴 한데 공부엔 관심도 없고 아무 생각 없는, 그런 놈들이 쓸데없는 일에 쉽게 빠져들어요. 안 그래, 조수아? 조수아는 오빠 닮지 말고, 공부 열심히 해라. 하하하."

덩달아 흐흐흐, 웃는 애들도 있었지만 지금 이게 무슨 분위기인지 몰라 나를 흘낏 보며 어리둥절해 하는 애들도 많이 있었다. 나는 오빠 얘기까지 나오니 얼굴로 열이 확 오르면서 하마터면 자리를 박차고 뛰쳐나갈 뻔했다.

"아, 오해가 있을까 봐 말해 두는데, 내가 특별히 거 뭐라고? 성소수자? 그런 사람들을 막 욕하면서 지옥 간다 그러고 혐오하고 그러는 건 아니야. 요즘 그런 말 잘못하면 완전 매장되더라?

다만, 너희들은 이런 문제에 대해서 잘 모르잖아? 아직은 좀 경계할 필요도 있는 주제고. 나는 또 니들 선생이잖냐. 아닌 건 아니라고 말해 주는 어른이 필요한 거잖아, 그치? 솔직히 동성애 때문에 이상한 병 생기고 그러는 거거든. 나 사실 옛날에 좀 많이 힘들게 살았었는데, 그래도 내가 스스로 자부심 갖는 게 뭔지 아니? 난 항상 더 높은 곳, 더 밝은 곳, 더 빛나는 곳을 지향했단 말이지. 그래서 공부도 열심히 하고 지금도 계속 공부하면서 나아가고 있어. 그런데 동성애자들, 걔네들이 공부를 제대로 했겠냐, 번듯한 직업이 있겠냐? 안 그래? 그런 애들 전부 문란하고 완전 사회의 음지에서 살아가는 안 좋은 사람들이야. 그런데도 그런 동성애자들 인권은 보호해야 되고 우리 순진한 청소년들 인권은 보호 안 해 주면, 그렇잖아? 외국에는 동성애자가 많다던데요? 아이고, 이건 뭐 유행도 아니고 뭣도 아니니까 괜히 잘못된 관심 가지고 물들지 말라고, 보호자 입장에서 말해 주는 거니까 그런 줄 알고 다들 잘 알아먹기 바라. 오케이? 하하."

세상에, 제이샘.

나는 지난번에 이모가 내게 했던 말을 제이샘에게 들려주고 싶었다. 그러니까 이모는 타고난 성정체성과 자신이 인지하는 성정체성이 달라서 갈등했던 사람이라고, 남에게 피해 준 것 없이 혼자서 고민하며 힘들게 살아왔을 뿐이라고, 스스로를 속이고 사회와 타협하고 싶은 마음도 있었지만 그런 인생은 행복하지가 않아서 있는 그대로의 자신을 인정하고 살기로 한 것뿐이라는 그 말을 들려주고 싶었다.

하지만 밝은 얼굴로 하하 웃으면서, 축제 때 장난으로 여장을 한 수호 오빠 얘기까지 하는 제이샘을 보니 아무 말도 할 수 없었다.

제이샘이 이런 사람일 줄이야. 제이샘도 힘든 과거나 어떤 상처가 있다고 나 혼자 지레짐작하면서, 그래서 더 밝게 열심히 살아가려는 멋있는 사람이라고 생각했는데. 입학 첫날 삐뚜름한 넥타이를 매고 학교 가는 나 같은 애도 알아봐 주고 웃어 준 고마운 선생님이었는데. 제이샘이 아빠가 된다면 참 믿음직하고 멋있는 아빠가 될 거라고 상상했는데.

그런 제이샘이 사회의 약자, 소수자에 대해서 포용하고 이해하기는커녕 공격하고 배척하고 그들에 빗대어 자신의 우월함을 느끼며 비꼬는 말까지 하다니.

"내가 뭐랬어? 사람이 차갑고 꼬인 데가 있다 했잖아."

서은이는 처음에는 제이샘 흉을 보다가 내가 너무 낙심해 있으니 격려 아닌 격려를 해 주었다.

"그래도 일단 제이샘하고 책방 이모의 썸은 끝난 거 같네. 우리 수아 질투할 일은 없겠네."

앗, 그렇지. 인형 달린 볼펜이며 오글거리는 대화들. 분명히 제이샘과 이모 사이에는 썸이라고 할 만한 무언가가 피어나고 있었는데. 이모의 정체를 알고 나서는 그야말로 학을 뗀 것처럼 오히려 이모에 대해 질색 팔색을 하고 있는 거다, 제이샘은 지금. 그런데 왜?

제이샘이 싫어하는 부류는 낮은 곳, 어두운 곳에 있는 사람인 것 같다. 트랜스젠더인 연우 이모는 낮은 곳, 어두운 곳에 있는 사람이다. 그런 줄도 모르고, 후진 동네 봉수동에서 그나마 격이 맞고 말이 통하는 (여자)친구를 발견했다고 생각했던 게 쪽팔려진 건가? 가면을 쓰고 멋진 여자인 척했던 이모에게 화가 나고 배신감을 느끼는 걸까? 나야말로 제이샘에게 배신당한 이 마음은 어떡하라고.

그런데 세상에나, '태풍 1호 – 책방 이모'가 아직 사라지지도 않았는데 하루아침에 '초특급 태풍 2호'가 봉수동에 휘몰아쳤다. 이번 태풍의 이름은 '가위손 삼촌'이었다.

미장원이 며칠 문을 안 열고, 가위손 삼촌이 수영 교실이며 어디에도 나타나질 않아 다들 무슨 일인가 하고 있었다. 그래도 뭐, 늘 그랬듯이 남의 일에 진심으로 관심을 갖지는 않는 법이라 금세 잊어버리고 다른 일들로 분주했다. 그러다가 오늘 태양 부동산 앞으로 편지 한 통이 도착하면서 다시 한번 동네가 발칵 뒤집혔다.

그러니까 가위손 삼촌이 미장원을 내놓겠다고, 다만 가게 구석구석을 새로 단장한 지 얼마 되지 않았고 아직 할부도 끝나지 않은 새 기계도 있으니 가능하면 미장원을 하려는 사람에게 통째로 인수하고 싶다는 내용의 편지였다.

가위손 미장원은 내가 초등학교 5학년 때부터 그 자리에 있었는데, 근처 가게 사람들은 물론이고 지나다니는 사람들도 자기 집처럼 들러 커피도 마시고 순대나 떡볶이도 갖고 와서 나눠 먹곤 하는 사랑방 같은 곳이었다. 그런 가위손 미장원이 사라지다니. 그런데 그 이유가 더 놀라웠다.

……갑작스레 가게를 정리하게 되어, 게다가 이렇게 편지로 말씀드리게 되어 저를 좋아해 주셨던 모든 분들에게 죄송한 마음입니다. 그런데 여러분. 용기를 내어 고백해 봅니다. 저는 게이입니다. 책방 사장님하고는 또 다른 종류의 성소수자이지요.

책방 사장님 일이 터지고 나서 고민을 많이 했습니다. 이참에 나도 내 정체성을 밝힐 수 있을까. 게이라는 건 변태가 아니라 그저 정체성에 대한 얘기일 뿐이니까요. 책방 사장님이나 내가 무얼 잘못했기에 욕을 먹고 쫓겨나야 하냐고 진지하게 묻고 싶었고, 꺼지라며 날아오는 돌이 있다면 의연하게 맞아 볼까 생각도 했습니다. 어쩌면 편이 되어 주는 이웃이 하나쯤은 있지 않을까. 그러면서 조금씩 세상이 바뀌어 나가는 게 아닐까. 수많은 생각을 했습니다.

하지만 결국 저는 이렇게 도망치는 쪽을 택하고 말았네요.

6년 전 하늘이 맑았던 날, 이제 더 이상은 도망치지 않겠다는 마음으로 봉수동을 찾아왔습니다. 미장원을 오픈하고 과분한 사랑 속에서 행복하게 살았습니다. 오다가다 가게에 들러 먹을 것도 나눠 주시고 같이 웃고 떠들었던 분들의 얼굴이 떠오릅니다. 모두 고마웠고 많이 그리울 것 같습니다. 가족하고도 등지고 살았던 제게 봉수동 이웃들은 가족 그 이상이었습니다.

하고 싶은 말이 너무나 많은데 막상 쓰려고 하니 눈물만 나오며 무슨 말을 해야 할지 모르겠네요. 모두 건강하세요. 안녕.

태양부동산 아저씨는 상가 번영회 회장을 여러 번 맡은 점잖은 분인데 가위손 삼촌 뉴스를 확인하러 온 사람들에게 삼촌의 편지 중 가게 계약에 대한 부분을 제외한 나머지를 말없이 보여 주었다. 편지를 읽고 난 사람들이 입을 크게 벌리고 뭔가 떠들 기미를 보이면 얼른 이렇게 말했다.

"나도 바쁘니까 알았으면 나가서 일 보쇼. 없는 사람 놓고 이러쿵저러쿵 떠들지 말고."

그래서 사람들은 태양부동산 앞 보도블록에 서서 대개 두 편으로 갈려 없는 사람에 대해 이러쿵저러쿵 떠들어 댔다. 세상이 말센가 아니면 이 동네에 망조가 났나 이게 웬일이냐며 화를 내는 편과, 책방 사장은 그렇다 쳐도 가위손 원장은 참말 좋은 이웃이었는데 뭔가 마음이 안 좋다며 우울해하는 편이었다. 그러면 화를 내는 편에서 그런 이웃한테 애들이 뭘 보고 배우겠냐며 더욱 소리를 높였지만 내가 보기에 그쪽 편에 있는 사람들도 보고 배울 만한 점은 그다지 없었다.

사람들은 서로서로 '네가 가위손하고 친하지 않았냐. 가위손이 게이인 걸 정말 몰랐냐' 물어보기도 하고, '이름이 가위손이라 그런가 커트를 참 잘했었는데 이제 머리는 어디서 잘라야 되냐'고도 하다가, 다들 시무룩해져서 각자 갈 곳으로 갔다.

"이모는 가위손 삼촌이 게이인 거 알았어?"

"글쎄."

알았다는 건가, 몰랐다는 건가.

내가 진짜로 이모에게 하고 싶은 말은 '이모는 갑자기 책방을 팔겠다며 사라지지 않을 거지?' 하는 거였지만 그 말은 왠지 쉽지 않았다. 대신 "아, 사람들이 이제 머리 어디서 자르냐며 다들 무지 아쉬워해" 하면서 이모 눈치를 살폈다. 사람들이야 아쉬워하든 말든, 이모는 여전히 담담한 표정 그대로였다.

어쨌든 책방 이모에 이어 가위손 삼촌까지, 온 동네가 시끌시끌했지만 어울리지 않게 우리 집만은 조용했다. 책방 이모나 가위손 삼촌 둘 다 우리가 진심으로 좋아하는 사람들이었기에 엄마도 나도 약간 풀죽어 있는 상태였다. 오빠도 찌그러져 있었고.

그러다가 드디어 우리 집에도 초초특급 태풍, 아니, 아예 초대박 폭탄이 터져 엄청나게 시끄러워졌다.

가을 분위기는 막 나는데 중간고사가 저만치 다가와 제대로 놀지도 못하는 나날이었다.

학교 끝나자마자 상희는 교문 앞에 대기하고 있던 엄마 차에 납치되어 떠났고, 서은이는 할머니가 편찮으시다며 방송반 모임도 빠지고 갔다. 나는 가방을 메고 책방으로 왔는데, 어쩐 일인지 책방 문이 잠겨 있었다.

'오늘 오후는 쉽니다.'

아차, 그러고 보니 어제 이모가 나한테 미리 알려줬었지.

"수아야, 내일은 책방 문 좀 일찍 닫을 거야."

"엉? 왜?"

"어디 좀 갔다 오려고."

드디어 책방을 팔고 이사 가려고 알아보는 건가? 나도 모르게 울 것 같은 목소리로 물어봤다.

"어디……?"

"그냥, 병원 좀 다녀오려고."

"앗, 어디가 아파?"

"그런 건 아니고. 원래 한 달에 한 번씩 병원 다녔었어. 상담도 하고 주사도 맞고 그래야 되거든."

"아아…….."

"그동안엔 야간 진료 시간에 갔었는데, 요즘은 책방에 손님도 없으니까 내일 오후에 갔다 오려고."

아무렇지 않은 얼굴로 말해 주면서, 비번 누르고 들어와서 책 읽고 쉬다 가도 된다고 했다. 이모가 없는 책방에서 나 혼자 고요하게 있어 보는 것도 좋을 것 같아 문을 열고 들어갔다. 내가 그동안 책방을 내 집처럼 드나들었지만 아무도 없을 때 이렇게 들어온 적은 처음이라 느낌이 이상했다.

책방 스피커를 내 핸드폰과 블루투스로 연결하여 음악도 틀어놓고, 카운터에 앉아 신문이며 영수증이며 흐트러져 있는 것들도 착착 정리해 놓았다. 그러다가 그 볼펜을 봤다. 까딱까딱 인형이 달린 귀여운 볼펜. 제이샘이 이모에게 주려고 팬시점에서 고르고 고른 볼펜. 나를 미치게 했던 볼펜. 한때 이모는 언제나 갖고 다니는 메모 수첩에 볼펜을 끼워서 늘 함께했는데 지금은 이모의 낡은 머그컵 필통 안에 무심하게 꽂혀 있었다.

그때 볼펜을 주면서 제이샘은 이모와 유튜브 사업을 같이 하자고 제안했던 것 같다. 이모에게 호감이 있어서 작업을 걸기도 했겠지만 제이샘이 말한 '더 높고 더 밝고 더 멋진' 어떤 일에 대한 야망 같은 게 있었던 것 같다. 그때는 내가 질투에 눈이 멀어 모든 게 다 삐딱하게만 보였다. 하지만 솔직히 그때 제이샘이 말한 것, '책방 이모가 소개하고 영어 선생님이 원서로 된 동화나 소설 읽어주는' 방송은 제법 괜찮은 아이디어 같았다. 실제로 이루어졌다면 유튜브 스타까지는 아니더라도 제법 인기를 모으는 사업이 됐을지 모르는데. 그랬다면 이모도 제이샘도, 그리고 나도, 모두 다 훨씬 더 행복해졌을지도 모르는데.

실제로 있지도 않은 일에 대해 이상한 그리움 같은 것을 느끼며 조금 서글퍼하고 있는데 갑자기 전화가 울렸다. 이모는 친분이 있는 몇몇 사람에게만 개인 번호를 알려주었다. 그러니 지금 책방으로 걸려오는 전화는 내가 받을 필요도 없는 전화겠지만 그냥 한번 받아봤다.

"네, 솔 책방입니다."

아무 말이 없었다.

"여보세요."

계속 말이 없었다. 아하, 이모가 받으면 욕을 하거나 기분 나쁜 말을 하려고 전화를 걸었는데 목소리가 다른 것 같아 고민하고 있나 보군. 나는 보이지도 않는 상대를 향해 눈을 부릅뜨고 싸움하듯 말을 했다.

"여보세요. 전화를 걸었으면 말을 하세요."

"저기……."

어린 여자아이 목소리가 조그맣게 들려왔다.

"여보세요?"

"저기…… 책방 사장님 안 계세요?"

"사장님 지금 외출하고 안 계신데요."

"아아……."

그러더니 전화를 뚝 끊어 버린다. 이런 싸가지. 초딩 정도 됐을 것 같은데 '알겠습니다' 한마디는 하고 전화를 끊어도 끊어 야지.

책방 주인 놀이를 그만두고 집으로 가기로 했다. 집에는 나보 다 백배는 더 기분이 안 좋으신 분이 째깍째깍 시한폭탄을 안고 나를 기다리고 있었는데 그것도 모른 채.

현관문을 열고 들어서는데 엄마가 식탁 의자를 박차고 일어 나며 소리를 질러댔다.

"니, 이게 뭐꼬?"

"아이, 깜짝이야, 왜 그래?"

사실은 '왜 그래'의 '그' 자를 발음할 때쯤에 엄마 손에 들려 있는 것을 봤다. 글씨까지 정확히 보이는 건 아니지만 저건 분명 아빠의 편지다. 아빠 편지. 아빠가 나한테 답장을 보냈구나. 그 런데 벌써 엄마가 뜯어 봤구나. 망했다.

"조수아. 니가 역시 지 아부지 딸이라꼬 이렇게 내 뒤통수를 치나."

"아니…… 왜…… 뭐…….."

"니 그동안 너그 애비랑 연락하고 지냈더나?"

"아니야아."

"근데 이게 뭐꼬?"

엄마가 편지랑 봉투를 한 손에 움켜쥐고 팔락팔락 흔들면서 소리쳤다.

"니, 너그 애비한테 보고 싶다 했드나?"

"그런 거 아니야."

"뭐가 아이야? 여그 그렇게 써 있는데? 수아 니가 그렇게 말해 줘서 캐롤라인과 나는 매우 기쁘다꼬. 어여 오라꼬."

아아, 답장을 빨리도 보내주셨네. 하필이면 타이밍 딱 맞춰서.

"그게 아니라, 아빠가 먼저, 아빠 사는 데에 한번 와 보겠냐고 해서, 싫다고 하면 아빠가 무안할까 봐 알았다고 한 거야. 그냥 그런 거야."

"그러니까 그동안 너그 애비랑 서로 연락하고 지냈다는 거네."

"뭘 또 연락을 해. 그냥 어쩌다 한 번⋯⋯."

"니는? 니는 정말 아니라꼬?"

갑자기 엄마가 고개를 홱 돌리며 소리쳤다. 하도 정신이 없어서 식탁 반대편에 오빠가 있는 줄도 몰랐다. 오빠가 멍청한 개처럼 고개를 푸르르푸르르 흔들면서 말했다.

"난 아니야. 난 정말 몰랐다니까."

역시. 붕딱.

엄마가 꽉 움켜쥐고 있던 편지지를 펼치더니 얼굴 높이로 들어 올려 눈을 찌푸리며 다시 한번 읽기 시작했다. 그러다가 갑자기 다시 확 구겨지도록 움켜잡으며 나를 노려봤다.

"니가 어떻게 이럴 수가 있나? 응? 남들은 딸이 엄마 제일 이해해 준다 카던데 니는 엄마가 그저 싫고 우리 집이 너모 부끄럽재?"

"내가 언제에."

"내가 니 얼굴 보면 모를 줄 아나?"

"아후, 왜 또 그래."

"전에 중학교 때 너거 담임이 내한테 그카더라. 니가 자기소개 하는데, 아부지는 바람이 나서 집을 나갔고 엄마는 무식하고 억척스럽다고, 그런데 나는 그런 거 관심 없고 상관 안 하는 그런 사람이라고, 그래 자기소개를 했다 카데?"

"중학교 때 담임 누구? 웃긴 사람이네. 그냥 재밌게 말한 건데, 뭐 그런 걸 다 학부모한테 일러바치나?"

"일러바친 게 아니라 니가 속에 상처와 분노가 많은 것 같다고, 상담을 좀 받으라 카데."

"웬 상처와 분노."

"근데, 내가 그 말 들으면서, 참…… 미안하고 가슴이 아프더라."

이 대목에서 갑자기 엄마 목소리가 울먹이듯 변하면서 코까지 빨개졌다. 아, 미치겠네.

"내가, 소리나 벅벅 질러 쌓고 그카지만, 사실 나도 마음속에 상처와 분노 많거든. 내가, 남편이 바람나서 집을 나갔는데, 그 상대가 시커멓고 뚱뚱한 외국 여자 아이가. 내보다 뽀얗고 날씬해도 화가 날 판에 내보다 더 뚱뚱하고 못생긴 여자라니, 내가 참 말이 안 나오게 억울하고 그카더라고."

'어머니, 지금 그건 혐오와 차별의 발언이십니다'라는 문장이 머릿속에 떠올랐다는 건 농담이고, 엄마도 여자였구나 하는 생각이 들면서 마음이 싸르르 아파 왔다.

"그래도 내한테는 아들도 있고 딸도 있다, 자식들은 책임감도 없는 저그 애비보다는 내를 이해하고 사랑할 것이다, 뭐, 그런 생각으로 버텼는데."

아무래도 엄마가 모든 걸 계산하고 움직이는 건지 여기까지 말하고 나서는 이제 울기 시작했다. 추하게 으억, 으억, 우는 것도 아니고 분통이 터지듯 꽥, 꽥, 우는 것도 아니었다. 뜻밖에도 어린아이처럼 주먹으로 눈두덩을 짓눌러 눈물이 흐르지 않게 애쓰면서 울었는데, 그 모습이 너무나 슬프고 속상한 거였다.

엄마, 미안해, 울지 마요, 이런 말은 절대 내 입에서 나올 수 없는 말이었고, 나는 그저 짜증난다는 듯 푹, 푹 한숨을 쉬면서 삐딱하게 서서 저만치 방바닥을 노려보고 있었다. 그런데 가만 생각하니 엄마 못지않게 나도 억울한 게 많은데 지금 괜스레 야단이나 맞고 있는 게 말이 안 된다는 걸 깨달았다.

"엄마는 내 맘 이해해? 엄마도 내 맘 이해 못 하잖아. 내가 지금 아빠만 너무 사랑해서 이러는 거야? 아빠라는 존재, 그게 궁금하다고, 나는. 엄마 말처럼 아빠가 이상한 여자랑 살고 있는 것도 너무 싫고, 자기 인생을 찾니 뭐니 한 것도 짜증나는데, 그런데도 한번 만나보고 싶었어. 한번 와 보라고 하니까 가 보고 싶은 마음이 드는 걸 어떡해. 그게 그렇게나 엄마를 크게 배신한 거야?"

그랬더니 갑자기 엄마가 평소 캐릭터답지 않게 차분한 목소리로 말했다.

"그래. 배신한 거 아니야. 가 보고 싶으믄 가."

"그런 게 아니라……"

"니가 애비 그리워하는 건 알고 있었어. 수아 니는 수호랑은 많이 다르다는 거 알고 있었고. 그래도 내는…… 엄마는……."

엄마 얼굴이 다시 한번 벌겋게 달아오르고 말까지 더듬으며 목소리 톤이 올라가기 시작해서 나는 이번에야말로 어떤 욕이라도 들을 각오를 하고 발가락에 힘을 꽉 준 채로 서 있었다.

"수아, 니가 상처받을까 봐…… 아빠하고 자꾸 연락하다가 결국에는 더 상처받을까 봐…… 나 무식하고 억척스런 엄마 되는 건 안 무서운데, 니가 상처받는 건 너무 무서워서, 그래서 그랬는데……."

세상에. 엄마가 저런 생각을 했다니. 우리 엄마가 무서운 게 있었다니. 그동안 내가 알던 엄마가 아닌 것 같다. 아, 진짜 미치겠네.

"그래도 우짜겠냐, 상처를 받든 복을 받든 다 니 팔자지. 내 팔자가 이 꼬라진데 니라고 뭐 좋은 게 있겠나."

엄마는 다시 평상시의 캐릭터를 회복한 듯 거칠게 말하더니 식탁 위에 편지와 봉투를 획 던져 놓았다. 그러고는 냉장고를 열어 막걸리 한 병을 꺼내 들고 방으로 들어가 발로 문을 거칠게 밀어 닫았다. 쾅.

"으아, 조수아, 내가 너 땜에 돌아버리겠다."

엄마가 방으로 들어가 버리자 조수호가 뒤늦게 심각한 표정으로 화를 냈다. 그러거나 말거나 나는 편지만 챙겨서 방으로 들어가는데 다급하게 나를 쫓아 들어왔다.

"야, 너 진짜 어쩌려고 그래?"

"뭘 어째. 아무것도 몰랐다며. 입 닥치고 계셔."

"너 진짜 갈 거야?"

"관심 꺼. 무슨 상관이야."

그러자 엄마 흉내를 내는 건지 어울리지 않게 나지막한 목소
리로 말한다.

"아빠한테 뭘 기대해? 너만 상처받는다고."

오늘따라 다들 왜 이리 내가 상처받을까 봐 난리들이실까.

"기대하는 거 없어. 상처는 이미 많이 받았고."

"야, 조수아. 너도 이제 철 좀 들어라. 내가 5학년 때, 그니까
너 3학년 때 아빠가 떠났잖아. 그때 내가 보니까 넌 아직 애긴데
아빠도 없고 동네 사람들도 손가락질하는 것 같고, 내가 진짜 너
무 속상해서, 너 기죽지 않게 하려고 차라리 내가 병신같이 굴면
서 나름대로 노력했거든? 그랬더니 니가 너무 철없는 공주가 된
것 같다, 아주."

어어, 그 순간 나는 머리가 띵해지는 걸 느꼈다. 그러니까, 아
까 엄마가 뭐랬나. 당신이 무식한 엄마 되는 건 괜찮지만 내가
상처받는 건 무섭다고 했다. 지금 오빠는, 스스로 찐따가 돼서
나를 지켜줬다고 했다. 자기네 입장에서 그럴싸하게 말한 것도

있겠지만 아주 뻥인 것만은 아니라는 생각이 들었다.

그렇다면 오, 세상에서 난 아무도 없고, 참 외롭고 슬퍼서, 혼자서 묻고 대답하며, 내가 나를 지켜주며 살아왔다 생각했는데 그게 아니었나? 무식한 엄마와 붕딱 같은 오빠 덕분에 여기까지 온 거였나? 엄마도 그저 싫고 오빠도 너무 쪽팔렸는데 그들은 자기네 상처로 내 상처를 덮어 주려고 끙끙 애쓰고 있었다. 그걸 이제야 알았으니, 나 어떡해야 되지?

뭔가 뭉클, 솟구치려고 해서 얼른 마음을 다잡고 쌀쌀맞게 말했다.

"뭔 소리를 하는 거야? 해외여행 한번 가 볼라고 그랬다."

일단 그렇게 말하고서 오빠를 방에서 내몰았다. 그런데 말을 하고 나니 진짜로 '그래. 맞아. 그냥 여행 가는 기분으로, 딱 그 정도 마음으로 한번 갔다 오면 어때? 다 같이 해외여행, 좋잖아' 하는 말도 안 되는 생각이 들었다. 우리 가족은 여태 해외여행을 한 번도 못 가 봤다. 친아버지와 그의 동거녀가 해외에 살고 있으니 숙박비를 아낄 수도 있고 좋은 기회 아닌가.

예전 같으면 집에서 이런 일 터지고 나면 이모한테 달려가 얘기하면서 의논도 하고 위로도 받고 마음을 달랬었는데. 오늘 밤이야말로 이모가 진짜 필요한데. 이모는 지금 우리 집 난리난 거 알지도 못하겠지.

이모가 아무 거리낌 없이 '나의 연우 이모'였던 시절이 그립다. 지금쯤은 이모가 집에 왔으려나, 무슨 기척이 있을까 생각하면서 내 방 창문에서 한껏 몸을 빼 옥탑방 쪽을 올려다보았다. 불이 켜졌으면 저 언저리 어디엔가 약간이라도 노르스름한 기운이 보일 것 같은데 전혀 그런 게 없었다. 창틀을 힘껏 밀며 아무리 상체를 내밀어 봐도 보이는 거라곤 거무튀튀한 벽면뿐이다. 이러다 잘못해서 창밖으로 떨어지면 애매하게 자살 시도한 철없는 소녀가 될 것 같아 그만 들어오는데 갑자기 머리 위에서 '끄악 끄악' 하는 소리가 났다.

"엄마, 깜짝이야."

진짜 이런 소리는 처음 들었다. 어릴 때 책에서 '까마귀가 까악 하고 울었다'는 얘기를 읽은 적은 있지만 이렇게 직접 소리를 들은 건 처음이다. 이건 분명히 까마귀 소리다. '까악 까악'은 아니지만 거의 비슷하게 '끄악 끄악'이었다. 오호, 신기한데. 다시 고개를 내밀고 열심히 두리번거렸지만 새 같은 건 보이지 않았다.

그런데 가만, 어릴 때 읽은 책에서 뭐라고 했더라. 까치가 울면 반가운 손님이 오고 까마귀가 울면 재수 없는 일이 생긴다고 했는데. 하지만 외국 어떤 나라에서는 까마귀가 행운의 상징이라는 얘기도 읽어 본 것 같고. 아, 지금 여기서 더 재수 없는 일이 생겨서는 안 되는데, 순간 불길한 마음이 들었다.

그러다가 퍼뜩 이모 생각이 났다. 이모도 지금 이 소리를 들었을까. 이모가 재수 없는 까마귀 울음소리 때문에 더 더 좌절하고 우울해져선 안 될 텐데. 전에 이모가 나한테 '조슈아 트리' 사진을 보내주면서 언젠가 같이 보러 가자고 했던 것도 생각났다. 조슈아 트리에 까마귀 말고 다른 새들이 앉아 쭈옥, 쭈옥 노래하는 걸 보면서 이모랑 내가 웃는 모습 같은 것도 막 상상해 봤다. 그런 날이 올 수 있을까.

책방 일기

어릴 때부터 내가 남들과는 다르다는 걸 느꼈고, 그 때문에 위축되기도 했지만 한편으로는 오기 같은 것도 있었습니다. 흔히들 성소수자에 대해 품고 있는 선입견을 깨고 싶다는 마음 같은 거였죠. 성소수자의 새로운 모델이랄까, 이상형이랄까 하는 게 되고 싶다고 생각했어요. 그래서 공부도 열심히 했고, 번듯하고 괜찮은 일을 하면서 모범적으로 살아가고 싶었어요. 잘되고 있는 것 같았죠. 최근에는 꽤 안정적이고 평화로운 인생을 사는 것 같았거든요.

그런데 예상치 못했던 아웃팅을 당하고, 완전히 텅 빈 정신과 마음을 안고 기계적으로 살아내고 있었습니다. 나보고 멘탈이 대단하다고 하는 사람도 있던데, 멘탈이 강해서 버틴 게 아니에요. 멘탈이 아예 붕괴가 돼 버려 아무 생각도 없고 느낌도 없이 그냥 허깨비처럼 둥둥 떠다니고 있었던 거예요.

그러다가 어제, 한 소녀를 만났습니다.

오후에 병원에 가려고 준비를 하고 있었는데 책방 문이 빼꼼 열리더니 어떤 아이가 들어왔습니다.

중학교 교복을 입은 여자아이. 아직 초등학생 같은 몸매의 조그만 아이였는데 길지 않은 머리를 반만 묶고 동그란 안경을 낀 모습이 모범생 같았습니다.

아이는 조금 망설이면서, 쭈뼛거리며 들어와서는 이런저런 책을 보는 척하더군요. 책에는 관심이 없고 다른 목적으로 들어왔다는 걸 알 수 있었지만. 요즘 그런 사람 많거든요.

그런데 조금 있다가 작은 소리로 말했어요.

"저기, 핸드폰 번호 좀 가르쳐 주시면 안 돼요?"

눈을 똑바로 마주치치 못하고 불안한 듯 시선을 이리저리 굴리고 있기에 가만히 바라보고 있으니 얼마쯤 뒤에야 나를 쳐다봅니다.

"여기서 말하기는 어렵고, 나중에 전화로 얘기하고 싶어서요."

"나한테 전화를? 왜?"

"여쭤볼 게 있어서요."

"뭔데? 지금 여기서 말해."

"여기는 안 돼요. 갑자기 누가 들어올 수도 있잖아요."

"무슨 얘긴데 그러지? 요즘 여기 손님 거의 안 와."

아이가 입술의 거스러미를 물어뜯으며 고민을 하더니 한참만에 말을 했습니다.

"여쭤볼 게 있어요."

"……."

"그러니까…… 언제 아셨어요?"

"뭘?"

"그게…… 동성애자라는 걸요."

아이고, 세상에. 그러니까 지금 성 정체성으로 고민하는 소녀가 방문하신 건가요? 내가 졸지에 성 문제 고민 상담 선생이 되었나요. 아이들에게 나쁜 영향을 준다고, 썩 꺼지라고 욕을 먹고 있는 주제에 청소년에게 성 문제를 상담해 주게 생겼다니, 이게 무슨 코미디인지요.

"너, 동성애자가 뭔지나 알고 하는 말이야?"

"그럼요. 저 다 알아요."

"……정말 제대로 아는 건 아닐 텐데. 근데 그걸 왜 묻지?"

"……."

"지금 네가 동성애자인 것 같아서, 그거 상담하려고 나 찾아온 거야?"

"……제가, 선배 언니를 좋아하거든요."

"어떤 언닌데?"

"동아리 부장 언닌데, 춤도 잘 추고 되게 멋있어요."

"멋있는 동아리 선배를 좋아한다고 모두 동성애자인 건 아니야. 그리고 나도 동성애자가 아니고."

"……?"

문득 내가 6학년 때 우리 반 회장이었던 친구를 좋아했던 게 생각났습니다. 공부도 잘하고 운동도 잘하고 키도 크고 그야말로 모든 게 완벽한 친구였지요. 여학생들에게 인기가 많아서 무슨 날이 되면 선물도 많이 받곤 했는데, 나는 여학생이 아니니까 티를 내지도 못하고 혼자 속으로만 좋아했더랬죠. 잘 웃고 성격도 활달한 아이였는데 친하게 지내자니 괜히 어색해서 가까이 다가가지도 못하고, 혼란스럽기도 하고 뭔가 죄책감도 느끼면서, 아주 복잡하고 힘든 시간을 보냈습니다.

지금 이 아이도 그런 걸까?

하지만 사춘기의 어린 소녀가 아닌가요. 이마에 발그스름하게 여드름 몇 개 난 것을 앞머리로 열심히 가리고 있네요. 지금은 선배 언니를 좋아하지만 다음엔 선배 오빠를 좋아할 수도 있겠지요. 여학생들은 사춘기 때 한 번쯤 동성 친구를 향해 사랑하는 감정을 느낍니다. 그러니까 지금 이 아이가 동성애니 뭐니 하는 고민이나 생각을 해 볼 순 있겠지만 섣불리 판단하고 단정 지을 건 아니라는 얘기입니다.

"그 언니는 학교에서 인기가 많은 편이야?"

우중충한 표정을 짓고 있던 소녀가 처음으로 배시시 미소를 띠며 말합니다.

"네. 거의 우리 학교 연예인이에요."

"그럼 너 말고도 그 언니 좋아하는 애들 많겠네? 여학생들 중에서도?"

"네. 제 친구들도 그 언니 좋아하는데요, 그런데 걔들은 그 언니도 좋아하고 다른 남자애들도 좋아하고 사귀는 애도 있고 그런데, 저는 남자애들한테는 별로 관심이 없어서요."

"아하, 너는 그 언니만 좋아한다? 그러니 동성애자라고?"

"네에."

소녀의 고개가 다시 우울하게 푹 꺾이네요.

"너는 아이돌이나 연예인도 남자는 안 좋아해?"

"좋아하는데요, 그렇게 막 엄청 좋아하진 않아요."

"누구 좋아해?"

"음, BTS도 좋아하고 우주소년도 좋아하고, 아, 여상구도 좋아해요."

"그렇구나. 너 이름이 뭐니?"

"진주요. 김진주."

"김진주. 내가 보기에 넌 동성애자가 아닌 거 같아."

"어, 정말요?"

예쁜 이름을 가진 소녀가 눈을 반짝 빛내면서 묻습니다.

"누구를 좋아하는데 남자인지 여자인지가 중요해? 그냥 어떤 사람을 좋아하는 거잖아. 연예인도 좋아하고 선배도 좋아하고 친구도 좋아하면서 즐겁게 지내. 너는 지금 그러면 되는 거야."

동성애자라는 게 밝혀져서(난 동성애자가 아니지만, 사람들이 흔히들 LGBT를 싸잡아 한마디로 '동성애자'라고 부르는 걸 대충 넘어가기로 한다면) 동네를 확 뒤집어 놓은 전문가가 그렇다고 하니 그런가 보다 하는 표정으로 소녀가 애매하게 웃습니다. 그래도 처음 들어올 때보다는 얼굴이 한결 밝아 보였습니다.

고맙습니다, 꾸벅 인사를 하고 돌아서서 가는 아이를 보니 마음이 좋기도 하고 이상하기도 했네요. 나라는 존재가 처음 보는 어린 학생에게, 성 정체성 문제로 고민하는 아이에게 도움을 주었다니 이 얼마나 아이러니인가요.

그런데 얼마 후 책방으로 전화가 한 통 왔어요.

"거그가 솔 책방이요?"

걸걸한 목소리의 노인이었습니다.

"네, 맞습니다."

"나는, 조금 전에 책방에 갔었던, 김진주 할매 되는 사람이요."

"아, 네."

"우리 진주캉 상담을 좀 했다고 들었는데?"

"아, 그게……."

"애가 집에 올 시간이 한참이 지나도록 오지를 않아서 걱정하고 있었는데, 거그 책방에서 상담을 하고 왔다 그랍디다. 맞습니까?"

"아, 네, 그게……."

"우리 진주 말이, 자기가 학교에 있는 어떤 언니를 좋아하는데 그게 지가 동성애자라서 그런 건지 걱정이 돼서 상담을 했다카던데, 맞소?"

"아, 네, 그렇습니다."

"허, 나 참."

"저기, 할머님. 진주가 아직 사춘기 어린 학생이라서 여러 가지 생각을 하는 거니까 걱정 안 하셔도 됩니다."

"내 다 들어서 알고 있소. 우리 진주가 집에 와서 거짓부렁 하는 애는 아이지."

점잖고 당당한 호랑이 할머니였습니다. 전화를 하고 있어서 그나마 다행이었지, 직접 뵙고 얘기를 나누는 거였으면 나는 쫄아서 아무 말도 못 했을 것 같았습니다.

"우리 진주가 동성애자가 될까 봐 걱정이다? 그런 얘기는 할 필요도 없지. 우리 진주는 좋은 부모 밑에서 후-울륭하게 자알 크고 있는 애요. 부모 둘 다 일이 바빠서 내가 우리 진주를 돌보고 있지만서도. 우야튼, 내가 지금 책방 주인 양반한테 전화를 한 이유는."

거 봐라, 역시 네 존재 자체가 아이들한테 안 좋은 영향을 끼친다, 더 이상 동네에서 알짱대지 말고 썩 꺼져라, 이런 얘기 들을 준비를 하느라 이를 악물고 전화기 쥔 손이 벌벌 떨리도록 힘을 주었습니다.

"책방 양반, 댁에가 그 동성애잔가 뭔가라 카면서, 책방 주인 때문에 아이들이 나쁜 물이 든다 어쩐다 떠드는 거 내 다 알고 있소. 그런 얘기 들을 때 내는 아무 말도 하지 않았어. 뭐, 내 마음에 안 드는 건 사실이지만 자기 혼자 동성애를 하든 뭘 하든 참견할 게 있나 싶었거든. 동네에 동성애자가 있다 캐서 어린 아이들이 우르르 그걸 따라 할 거라고 생각도 안 했고. 그런데 오늘은 내가 전화를 해서 얘기를 해 줘야겠다고 생각했소. 우리 진주한테, 남자든 여자든 상관하지 말고 연예인도 좋아하고 선

205

배도 좋아하고 친구도 좋아하라고 했다던데, 참으로 맞는 말이오. 책방 양반, 남의 얘기에 너무 휘둘리지 마시오. 우리 진주한테 말해 준 대로 사시오. 남자든 여자든 친구든 이웃이든 사이좋게 지내고 좋아하면서. 욕하고 미워하며 사는 것보다 그게 훨씬 더 행복하고 가치 있는 인생이오. 내 이 말 하려고 전화했소."

전혀 뜻밖의 얘기를 듣고 나니 조금 어리둥절하면서 이게 무슨 소린가, 얼른 이해가 잘 안 되는 것 같더군요. 뭐라고 대답도 제대로 못 하고 "어, 네에……" 하면서 우물쭈물하고 있는데 노인은 "그럼 일 보시오" 하더니 전화를 끊어 버렸지요.

막상 전화를 끊고 나니 그제야 심장이 두근두근 뛰면서 숨이 가쁘고 얼굴에 열이 오르기 시작했습니다. 실제로 손을 대어 만져 보니 얼굴이 뜨끈뜨끈하더라고요. 그러면서 나도 모르게 눈물이 나와서 그대로 앉아 한참 동안 울었습니다. 병원에 가기로 했던 것도 포기하고 그냥 앉아서 계속 울었어요. 생각해 보니 아웃팅 이후에 혼자 있는 집에서도 울었던 적은 없었는데 어쩌면 억누르고 막아 놓고 있었던 게 뻥 뚫리면서 한꺼번에 눈물이 줄줄줄 쏟아져 나온 것 같았지요.

그렇게 한참을, 놀랍도록 많은 눈물을 쏟아내고 나니 가슴과 머리와 생각이 차분해지면서 원래의 나로 되돌아왔다는 느낌이

들었습니다. 텅 빈 허깨비, 좀비 같았던 내가 비로소 생각이 돌아가고 마음이 느껴지는 사람으로 돌아온 거예요.

일찌감치 책방 문을 닫고 집으로 와 모처럼 아무 생각 없이 푹 잤습니다. 그리고 아침에 일어나 생수 한 잔을 마시고는 가위손 사장님에게 문자를 보냈습니다. 가위손 당신은 조슈아 트리라고, 나도 조슈아 트리가 되겠다고, 우리 모두 조슈아 트리로 우뚝 서서 싹을 틔우자고, 그렇게 문자를 보냈습니다.

에필로그

세상의 그 어떤 난리 블루스에도 세월은 눈도 끔쩍 않고 뚜벅 뚜벅 나아가 가을이 지나고 겨울이 되어 수능 날이 다가왔다.

조수호가 엄마에게 "내일 수능 도시락 뭐 싸 줄 거예요?" 하고 물었을 때 나는 너무 깜짝 놀랐다. 수능? 조수호가 수능을 본다고? 뭐 하러?

엄마는 이제 그 정도 가지고는 놀랄 것도 없다는 듯 심드렁한 목소리로 "뭐 싸 주까?" 하고 물었다.

"담임이 그러는데 소화 잘되는 걸로 싸 가라던데?"

"그럼 뭐, 죽 싸 주까?"

"에이, 그럼 배고파서 안 되지. 제육볶음 싸 주세요."

"제육볶음이 소화가 잘될랑가?"

"잘되지. 나 제육볶음 좋아하잖아요."

그래서 조수호는 돼지고기를 벌겋게 볶은 제육볶음 도시락을 들고 수능을 치고 왔다. 그러고는 수능 수험표를 들고 다니면서 수험생 할인을 받아 영화도 보고 옷도 사고 파마도 했다. 시즌 투를 맞이한 가위손 미장원에서 했는데, 원래 오빠는 노랗게 염색을 하고 싶어 했지만 가위손 삼촌이 말려서 파마만 살짝 했다.

가위손 삼촌이 다시 돌아오기까지 한컵 떡볶이 이모가 힘이 돼 줬다느니 어쩌니 하는 소문이 있었지만 잘 모르겠다. 미장원은 예전보다 손님이 조금 줄기는 했어도 여전히 커트 실력은 이 근방에서 최고라 인정받고 있다.

그리고 이제 겨울방학이 되면 우리 가족은 여행을 가기로 했다. 처음으로 온 가족이 해외여행을, 남들은 많이도 하는 그것을 우리도 해 보는 거다. 엄마와 오빠와 내가, 아빠와 그의 동거녀 캐롤라인이 있는 동남아시아의 어느 섬으로. 거기서 우리는 다 같이 배도 타고 낚시도 하고 게임도 하고 맛있는 것도 먹기로 했다.

"다 같이 간다고? 전부 다 같이?"

서은이와 상희가 합창을 하며 되물은 것으로 보아 이게 은근 파격적인 상황이긴 한 것 같다. 아빠가 편지에 "우리 다 같이 재미있게 놀아보자. 요즘 캐롤라인에게 윷놀이 가르쳐 주고 있음"

이라고 쓴 걸 보고 엄마는 "다 같이 웆을 마 쌔리 던지면서 을매나 재미있을지 함 해 보까, 흥" 하고 말했다. 그러면서 "하여간 특이한 인간이지. 여자 보는 눈도 그렇고, 흥흥" 하면서 살짝 도도한 표정을 지었다. 사실 엄마도 아빠가 어떻게 사는지 궁금하기도 했을 거다. 말로는 "딸내미 혼자 그런 미친갱이 소굴에 보낼 수 없어서 따라가는 거"라고 했지만.

오빠는 뭐라고 했는가 하면, 수능 결과야 하늘에 맡기는 거고 (푸허. 그걸 왜 하늘에 맡기니. 하느님이 뭘 잘못하셨기에) 고등학교도 졸업하는 이 시점에 넓은 세상을 보고 와서 앞으로의 인생을 계획해 보겠다고 했다. 엄마는 좋은 생각이라고 대답해 줬고(엄마가 요즘 많이 달라졌다, 흠) 나는 그냥 조용히 웃어 줬다. 나도 요즘 오빠에게 많이 너그러워졌는데, 혹시 아빠가 사는 동네에 마을 우물이나 푸세식 화장실 같은 것을 파는 일거리가 있다면 오빠를 두고 올 수 있을 것 같아서다.

제이샘은 유학을 가기 위해 학교를 그만둔다고 했다. 제이샘이 직접 그렇게 말한 건 아니고 소문이 그랬다. 애들이 다그치며 물어봐도 피식피식 웃기만 하면서 대답을 안 해 주고 있는데 사실은 제이샘이 나만 따로 불러서 한 말이 있었다.

"조수아. 너한테는 정식으로 인사를 하고 가려고 불렀다. 내가 너나 책방 사장님한테 상처를 준 부분이 있는지도 모르겠는데, 나쁜 의도는 없었으니까 용서해 줬으면 좋겠다."

"유학 가시는 거예요?"

"유학은 무슨. 일 년 정도만 쉬면서 생각을 좀 해 보려고. 내가 나름대로 자수성가한 사람이라고 얘기했었지? 그런데 너무 열심히 달리기만 했더니 자기 자신에 대해 오해하거나 착각하고 있는 부분이 많더라. 사람은 자기 자신에 대해서 생각을 해 봐야 돼. 그래야 중심을 잡고 주변도 올바로 이해할 수 있는 거거든."

그러더니 꽤 쓸쓸한 표정으로 다음 말을 했다.

"내가 그러지를 못 했더라고. 내가 나를 잘 몰랐더라고."

제이샘의 말을 다 이해한 건 아니지만 마지막 그 표정 때문에 나는 제이샘을 다시 살짝 좋아하게 됐고 제이샘에 대해 짠한 마음 같은 게 느껴졌다. 그리고 제이샘이 학교를 떠나 무언가를 하려는 시간을 응원하기로 했다.

사실 콩가루 우리 집안의 어메이징한 여행 스토리는 이모가 함께 가기로 하면서 화룡점정을 찍었다.

"근데, 정말 내가 같이 가도 될까?"

어제도 이모는 퇴근해서 집으로 올라가는 길에 우리 집부터 들러 고민을 했다.

"내가 된다는데 누가 안 된다고 할끼고?"

"이모, 벌써 비행기표까지 다 샀잖아. 이제 그만 고민해."

"맞다. 얘기 다 끝났다 아이가."

엄마랑 내가 수선을 피우는 가운데 이모는 혼자 고요하게 심각했다.

"아무래도 수아 아버지께서 불편하실 것 같아."

"수아 아부지 때문에 우리가 불편하지 그쪽은 걱정해 줄 필요가 없어."

"간만의 가족 여행인데 괜히 내가 끼는 것도 그렇고……."

순간 파마머리를 쓸어 넘기며 조수호가 한마디 했다.

"이모도 우리 가족이잖아요."

오빠의 그 말이 제법 감동이었는지 이모가 입을 조금 벌리고 오빠를 바라봤다. 그것도 모르고 오빠는 곧장 코를 파기 시작했지만.

밤에 자려고 누웠는데 띠링 이모한테서 문자가 왔다.

'수아야, 나는 말이야, 남들은 다 가진 걸 나는 못 가졌다고 생각했거든. 그래서 화도 나고 슬프기도 하고 그랬었거든. 근데,

이제 보니까 남들한테는 없는 게 나한테 있었네. 그걸 이제야 알았어. 행복하다. 고마워.'

이모가 카톡이 아닌 문자로 이런 말을 건넨 이유를 나는 알수 있었다. 카톡은 읽었다는 표시가 남아 금방 답을 보내지 않으면 약간 이상해지지만 문자는 그런 게 없으니까 말이다. '나도 마찬가지야, 이모. 다른 애들 아무한테도 없는 걸 나는 가졌지. 그래서 지금 행복해. 그리고 내가 더 고마워' 같은 답글을 보내지 않고 그냥 모른 척할 수 있으니까 말이다.

아마도 내일쯤 지나가다가 한마디 하면 될 것 같다.

"아, 어제 일찍 자느라 문자를 이제야 봤네."

'오다 주웠어' 풍으로 슥 던지듯 말하고 나서 헤헤헤헤 실없이 웃어 주면 된다. 그거면 끝난다.

글쓴이의 말

이 소설의 어느 부분에 대해 조그마한 생각들을 품게 된 건 오래 전부터였습니다. 소설로 '써먹으려고' 계획한 건 아니었지만 저로서는 꽤 낯선 모임에 들어가 공부를 하기도 하며 아직은 씨앗 같은 그것들을 조금씩 키워 나갔죠.

하지만 제법 무르익은 것 같아 소설로 다듬어 볼까 할 때마다 쉽지 않았습니다. 미처 인식하지 못한 편견이나 선입견이 어느 구석에 자리 잡고 있을지 모른다는 두려움이 있었고요, 딴에는 재미있게 쓴 것이 누군가에게는 상처가 될 수도 있다는 생각이 들기도 해 자꾸만 자신감이 떨어졌습니다.

2019년 가을, 연희문학창작촌에 한 달간 들어가 있으면서 드디어 이 책의 초고를 달리듯이 쭉 썼습니다. 대나무숲이 보이는 연희의 제 방에서는 신기하도록 집중이 잘됐어요.

이 소설에는 자존심 때문에 센 척하는, 더러운 세상 따위 애써 관심 없는 척하는, 잘살아 보려고 소망과 열정을 끌어 모으는 인물들이 많이 나옵니다. 그렇지만 사실은 숨이 가빠 옆구리를 쥐고 있는 사람들이에요. 수아와 책방 이모, 봉수동 사람들, 멀리 외딴 섬에 있는 수아 아빠와 캐롤라인까지. 모두 착하고 좋은 사람들, 열심히 달리고 있는 사람들이죠.

'동화 같다'는 말이 언제나 좋은 뜻으로 쓰이는 건 아니지만 그래도 '동화 같은' 이야기, 그러한 상황과 관계들을 좋아하고 꿈꿉니다. 사는 게 어둡고 적막할 때에 우리에게 위로와 희망이 되는 건 어쩌면 동화 같은 '사랑'과 '상상력'이 아닐까요. 이 책을 읽는 동안 조금쯤 동화 같은 기분이 감도는 현실감을 느끼게 되길 바랍니다.

사랑하는 힘으로 많은 것을 상상해 보고 싶어요. 사랑하며 헤쳐 나가는 사람들의 이야기를 더 많이 읽고 싶고, 상상하고, 천천히 써 나가고 싶습니다.

가을에는 마스크를 쓰고서라도 달리기하러 나가겠다 결심하며,
장미

조슈아 트리

ⓒ 장미, 2020

초판 1쇄 발행 2020년 10월 20일
초판 3쇄 발행 2021년 12월 24일

지은이 장미
펴낸이 김혜선   **펴낸곳** 서유재   **등록** 제2015 – 000217호
주소 (우)04034 서울 마포구 잔다리로7길 18(서교동 377 – 20) 504호
전화 070 – 5135 – 1866   **팩스** 0505 – 116 – 1866   **대표메일** outdoorlamp@hanmail.net
종이 엔페이퍼   **인쇄** 성광인쇄

ISBN 979–11–89034–33–7 43810